وزن الروح

صدر هذا الكتاب باللغة الفرنسية للمرة الأولى في فرنسا عام ٢٠٠٦

Le poids d'une âme by Mabrouck Rachedi

© 2006 by Editions JC Lattès

صدر هذا الكتاب باللغة العربية للمرة الأولى في قطر عام ٢٠١٠

عن دار بلومزبري - مؤسسة قطر للنشر

مؤسسة قطر، ڤيلا رقم ٣، المدينة التعليمية

صندوق بريد ٥٨٢٥

الدوحة، دولة قطر

www.bqfp.com.qa

ينشر هذا الكتاب بمناسبة الاحتفال بالدوحة عاصمة الثقافة العربية ٢٠١٠
في نطاق التعاون المشترك بين وزارة الثقافة والفنون والتراث بدولة قطر
ودار بلومزبري - مؤسّسة قطر للنشر

الترقيم الدولي ١٠: ٩٩٩٢١-٤٢-٤١-٣

الترقيم الدولي ١٣: ٩٧٨-٩٩٩٢١-٤٢-٤١-٧

Printed in Great Britain by Clays Ltd, St Ives plc

وزن الروح

مبروك راشدي

ترجمة
رشا الصبّاغ

دار بلومزبري - مؤسسة قطر للنشر
BLOOMSBURY
QATAR FOUNDATION
PUBLISHING

مؤسسة قطر
Qatar Foundation

«بطريق المصادفة..
يصنع الإنسان قدره دائمًا»

مارسيل آشار

يُحكى أنه في قديم الزمان كان هناك فلاح بسيط، أرمل، ليس لديه سوى ابن واحد وحصان أبيض رائع كان شديد التعلق به. ذات يوم، اختفى الحصان. فتحسّر عليه جيرانه قائلين أنت إنسان عاثر الحظّ.

ـ ربما نعم، وربما لا... قال لهم. الحصان لم يعد في الإسطبل، هذا أمر واقع. لكن كيف لنا أن نعرف إن كان ذلك نحسًا أم سعدًا؟...

فسخر الناس منه ومن بساطة عقله...

مرت أيام ثلاثة فإذا بالحصان الأبيض يعود وبرفقته ثلاثة جياد بريّة. نظر الجيران إليه بعين الحسد قائلين:

ـ كم أنت محظوظ! لقد كنت فعلًا على حقّ...

فأجابهم:

ـ ربما نعم، وربما لا... الحصان قد عاد، هذا كل ما في الأمر. كيف لنا أن نعلم إن كان ذلك حُسن حظ أو سوء حظ؟... ليس هذا سوى جزء من القصة... هل يمكن أن نعرف محتوى كتاب بقراءة جملة واحدة منه فحسب؟

انصرف الجيران موقنين بأن العجوز يهذر. فاستعادة أربعة جياد بدلًا من واحد هي هدية من السماء...

ثم حاول ابن الفلاح ركوب أحد الجياد، فوقع وانكسرت ساقه.

هتف الجيران الذين كانوا يسارعون دومًا إلى إبداء رأيهم:

ـ يا لنكد الطالع! لقد كنت على صواب، فهذه الجياد الشرسة لم تجلب لك الحظ!

ـ ربما نعم، وربما لا... كلّ ما هنالك أن ساق ابني قد كُسرت، فلا نبالغنّ في الأمور! من يستطيع أن يتنبّأ بما سيجلب علينا هذا؟ إن الحياة تقدّم لنا نفسها شيئًا فشيئًا، لا أحد يرجم بالغيب ولا يدري إنسان ماذا يخبئ المستقبل...

ما مضى بعض الوقت حتى اندلعت الحرب فجُنِّد شبان القرية جميعًا في الجيش، ما خلا المُقعد!

ـ يا لحسن حظّك أيها العجوز! لقد كنت محقًّا، صحيح أن ولدك لن يقوى على السير ثانية، ولكن هذا جنّبه القتل...

ـ لا تتسرّعوا في الحكم، ردّ الفلاح. لقد انخرط أولادكم في الجيش، وبقي ابني في المنزل. هذا كلّ ما نستطيع قوله. الله وحده يعلم إن كان في هذا خير أم شرّ...

لاو تسو

القسم الأول

إنها الثامنة صباحًا. استفاق «لونيس» على نداءات أمه التي ذكّرته بأن اليوم يوم دوام مدرسيّ. قشعريرة خفيفة سرت في وجهه، أثر مبهم باقٍ من حلم جميل ربّما. صراعٌ، غير متكافئ، ينشب بينه وبين النعاس، يبوء «لونيس» فيه، كلّ مرة، بالهزيمة.

الدغدغة التي شرحت صدره انقلبت إلى وخز مزعج. في تباشير الصُّبح هذه، يمثّل حكّ المرء وجنته مجهودًا. اغتصب تكشيرة، لوى فمه، جعّد أنفه، قطّب جبينه. ولكن ذلك كلّه لم يُرحه. رفع على مضض يده، وحكّ وجهه، فوقعت أصابعه على سطح خشن بدلًا من ذقنه الأجرد. مضطربًا، فتح عينيه نصف فتحة مغضّنًا أجفانه، فرأى قطرات تتسرّب من السقف دفعته إلى أن ينقلب على جنبه الأيمن، حتى كاد يقع عن سريره الضيّق. كان ما دفعه إلى القيام بهذه الرياضة الصباحية قشرة رقيقة من الجص تتقطّر من أحد الشقوق. اطمأن، ولو أنه لن يعتاد على هذا أبدًا.

نهض «لونيس» جارًّا قدميه إلى المطبخ. بادره أخوه طارق ممازحًا: ما لك اليوم مبكّرًا عن تأخرك المعتاد؟ أمّا أمه، التي اعتقدت أنه ما زال نائمًا، فقد كانت تلعن كسله. كلّ شيء منظّم لدى عائلة عامري.

إنها الثامنة صباحًا. وقفت «كاترين ليبيناس» أمام الثلاجة تقرأ الرسالة الصغيرة التي تركها لها زوجها: «أخذتُ الكلب للنزهة، سأعود بعد ربع ساعة». رتّبت غرّتها بعصبيّة. لم يكن «جيرار» جديرًا بثقتها.

البارحة فاجأته في أحضان امرأة أخرى، «إيزابيل لافوريه»، معلمة الرياضة البدنية في ثانوية «جورج براسنس». فتاة خليعة تهوى عرض مفاتنها، ترتدي ملابس رياضية ذات لون ورديّ فاقع. كان بوسع «جيرار» أن يجد أفضل منها!

كانت «كاترين» عائدة من ناديها «كيستيون بور آن شامبيون»[1] عندما قطعت على العشيقين خلوتهما. في الفراش الزوجي كانت «لافوريه» متكوّرة بين ذراعي زوجها، وقد ارتدت مبذلها المنزلي الأسود المفضّل وهو هدية «جيرار» لها في عيد ميلادها. كانت «كاترين» قد رجعت إلى البيت أبكر من عادتها، وقد داهمتها نوبة من الصُّداع. ما كان «جيرار» ليشكّ في هذا على الإطلاق، فزوجته لم تُخلّ يومًا ببرنامجها الفائق القداسة. شعرت بالغضب يجتاحها، ولكن شعور الخزي كان أكبر. ماذا لو علم أصدقاؤها

---

(١) ومعناه «سؤال لبطل» هو برنامج مسابقات فرنسي تلفزيوني يختبر معلومات المتسابقين في الثقافة العامة (المترجم).

في صالة «موريس باكيه» الرياضية بذلك؟ ماذا لو بلغ الخبر مسامع أمها: فلطالما حذّرتها من أن «جيرار» ليس سوى ماجن!

لم يلبث «جيرار» أن ظهر عند عتبة الباب، مرتبكًا مثل طفل مذنب، وقد غرز رأسه بين كتفيه. أطفأت «كاترين» التلفزيون على مقدمة برنامج «تيليماتان[1]»، من دون أن تنبس ببنت شفة. بإمكانها الذهاب إلى العمل؛ فالعادة لديها لها الغلبة دومًا في النهاية.

---

(١) برنامج فرنسي منوع يعرض كل صباح في بث مباشر ويتمتع بنسبة مشاهدة عالية في فرنسا (المترجم).

إنها الثامنة صباحًا. «جان - مارك لوموان» يراوح مكانه أمام مرآب الحافلات. بخدّيه الممتلئين، وبطنه المستدير، وسيماء التهكّم الماكر في وجهه، كان يبدو للناظر من بعيد متمتعًا بجميع صفات الإنسان الذي يهوى التمتع بالحياة. مع ذلك فإن أظافره المقضومة، وعينيه الغائرتين في محجريهما، وفكّيه المطبقين، كانت تفضح ضيقه وقلقه.

البارحة، خسر فريق «باريس سان جيرمان» مباراته أمام فريق مرسيليا. مذ هجرت زوجته البيت، أصبحت حياته محصورة في أمرين: المراهنة في سباق الخيل أو مشاهدة أحد عشر رجلًا وهم يتنازعون كرة قدم. كلّ إخفاق لناديه، كل رهان خاسر، يشكّل كارثة شخصية له. لقد نبشت الهزيمة الباريسية ذاكرته، وأحيت في ذهنه خواء أيامه المتشابهة. رَكَل علبة جعة معدنية فتدحرجت حتى سلّة المهملات. هدف! فوز لفريقه! بطل! ولكن بدلًا من أن يرفع ذراعيه منتصرًا، بلع ريقه وانكمش. يعيش «جان - مارك» حياة متمثّلًا حياة أناس آخرين، إنه يعيش حياته بالوكالة.

كان «لونيس» في الثامنة عشرة من عمره. شاب طويل ناحل، ضامر الوجه، مهمل الهندام، بكتفين هابطتين، وشعر كثّ خشن. هيئته كانت ستبدو زريّة بدون عينيه الذكيتين اللتين تمنحانه مظهر الشاب الغندور. كان الخليطُ المكوّن من بؤبؤي عينيه شديدي الصغر، وأنفه المعقوف، يضفي على وجهه مسحة من الكآبة.

احتسى «لونيس» قهوة الصباح، ثم وقف أمام شبّاك المطبخ، متأمّلًا، محملقًا في صورته المنعكسة، التائهة بين الأبنية المدينيّة الضخمة. ربّتت أمه، التي يئست من شروده المتكرّر، على خديه، فانتفض. عجّت الشقّة بالضجيج، انتقال عنيف من الهدوء إلى الضوضاء. كان إخوته الأربعة: طارق، أحمد، خالد، كامل، وأخواته الثلاث: خديجة، حبيبة، وسهيلة، مصطفين في الطريق إلى الحمام. تسلل «لونيس» من بينهم، اغتسل، ثم ارتدى ملابسه وانطلق من البيت، هاربًا.

لم ينتظر المصعد، بل أسرع هابطًا الدرج، ثم عبَر البهو، وسلك شارع «أكاسيا» متجهًا نحو موقف الباص. لم يلبث التعب أن اعترض اندفاعه. قبل وصوله إلى هدفه بمائة متر سمح لنفسه بما يستحقّه من راحة.

في المرآة العاكسة للحافلة المدرسيّة، راقب «جان – مارك لوموان»

وية يركض، ثم يتوقّف. مظهر الشخص المستسلم منهوك القوى، ويداه على وركيه، ذكّراه بهزيمة فريق «باريس سان جيرمان» ومذلّته. بدا ..، وكأنه اللاعب الثاني عشر في الفريق؛ لا، لا يمكن أن تطأ قدما هذا الشاب حافلته. أقلع. سمع صوتًا يزعق: انتظر، ثمّة أحد ما! لم يحن وقت الانطلاق بعد! لن يغيّر أي احتجاج قراره، فات الأوان على التراجع، سيكون الاستسلام للصياح برهانًا على الضعف. تَعنتر وزاد من سرعته وسط تكرّر صيحات الاستهجان وتعاليها.

اختفى الباص ٢٣٢ في منعطف شارع «موجيه». ضربة غادرة لـ«لونيس» الذي وقف يتفحّص الأفق الخالي. ما بذله من جهد عنيف، غير معتاد، وغير مجدٍ، عكس صورة تدعو للرثاء. بصق على الأرض، قبل أن يتحرّر بصعوبة من الجاذبية، جارًّا قدميه صوب الثانوية، متأخرًا أيضًا. لقد تغلّب المجرى الطبيعي للتاريخ مرة أخرى على إرادته.

إنها الثامنة والنصف. تسكّع «لونيس» على طول شارع «إيجلانتين». ما الذي يدفعه إلى الاستعجال؟ دقيقة من التأخير أو عشرون، النتيجة واحدة، سيأخذ إغفاءة طويلة في مؤخَّر الصف. لن يعرف أحد أنه قد جهد اليوم للوصول في الوقت المحدّد. غادر الباص قبل موعده؟ سُمعته ستحول دون تصديقه وستجعله مذنبًا في أعين مدرّسيه. لقد تصبّب عرقًا من غير داعٍ.

وصل أمام المبنى رقم ١٠. توقّف ليعقد رباط حذائه. من مذياع في دكان محمد، البقّال العجوز، تناهى إليه صوتٌ أبحّ ذو أزيز يتلو نشرة الأخبار:

«تـمّ القبض على مجموعة من الإرهابيين المسلّحين في ضاحية «جريني». هؤلاء الشباب، وهم، على الأرجح، من الإسلاميين، قد جرت مداهمتهم في المبنى الذي يقطنونه وضُبطت معهم ترسانة من الأسلحة: مسدسات، وبنادق، ورشاشات... رئيس العصابة، الأكبر سنًا بين الشبان السبعة، وهو جزائري في السابعة والعشرين من العمر، قد جُرح في تبادل إطلاق النار الذي سبق عملية القبض على المجموعة. يمكن أن يكون لهذه القضية صلة بمنظمة القاعدة وبموجة الاعتقالات التي جرت في الأسابيع الأخيرة.

أخبار كرة القدم: وجّه زين الدين زيدان، قائد منتخب فرنسا، ركلة قوية مسجلًا هدفًا رائعًا في الدقيقة الثامنة والعشرين من مباراة «ريال مدريد» - «برشلونة»...»

هذا خبر جيد، قال «لونيس» لنفسه. «جراند بورن» في «جريني» على بعد كيلومترات قليلة من «بيراميد»، الحيّ الذي يقطنه في ضاحية «إيفري». الناس هناك هم ألد أعداء الناس هنا، والله أعلم بالسبب. سترد عصابات «إيفري» بعمل ما لكي تظهر في التلفزيون. فالانتخابات الرئاسية على الأبواب والتغطية الإعلامية ستكون واسعة. نِعْمَ الأمر، قليل من الحركة! لقد ضاق ذرعًا بالعيشة الخاملة في مدينة كئيبة! سيروي له حسين، الذي يسكن في «جراند بورن»، تفاصيل ما حدث.

على بعد أمتار من الثانوية اكفهرّ وجه «لونيس»، أخذ شهيقًا عميقًا ثم حبس نَفَسه حتى أحسّ بالألم.

«لكي تقول نعم، ينبغي أن تعرق وتشمّر عن ساعديك، فتقبض على الحياة بكلتا يديك، وتغوص فيها حتى المرفقين. من السهل أن تقول لا، حتى ولو كان قول ذلك يعني أن تموت. كل ما عليك أن تفعله هو أن تكفّ عن الحركة وتنتظر. تنتظر أن تواصل العيش، تنتظر حتى أن تُقتل. هذا منتهى التخاذل والجُبن. إن كلمة لا هي ابتداع بشريّ...»

كانت السيدة «ليبيناس» تقرأ مسرحية «أنتيجون» لـ«جان أنوي» عندما قطع عليها دخول «لونيس» الصاخب إلى الصف قراءتها. وقف مستعدًّا لأداء تمثيليته المعتادة، عذر المنبّه المعطّل، ولكنه ما كاد يفتح فاه، حتى انهالت عليه بالتوبيخ. لن يجعلها تبريرٌ كاذبٌ تتظاهر هذه المرة بأنها انخدعت، لقد انتهت لعبة الأدوار. شارد الذهن، أكمل «لونيس» طريقه إلى مكانه المخصّص، في الصف الأخير، معتقدًا أن هذا لا يعدو كونه تعديلًا شكليًّا في الخطة المتّبعة. زاد غضب المدرّسة احتدامًا، لن يمكنها السكوت عن هذه اللامبالاة الصفيقة. عنّفته بصوت مرتفع حادّ وقد اغرورقت عيناها بالدمع، لقد جعلت «أنتيجون» خيانة «جيرار» تغلي ثانية في صدرها.

همهمات تهكّمية رافقت نوبة غضبها. كفى، طفح الكيل، لا بد لأحد

ما أن يدفع الثمن. ولكي تحدث وقعًا أكبر في النفوس، ضربت الرأس العنيد الذي كان قد انتهى بها الأمر إلى تركه في خموله، مقابل صمته. إن «لونيس» هو الضحية المختارة الضرورية لاستعادة السيطرة.

ـ عامري، إلى غرفة المدير حالًا!

صحا «لونيس» من سباته، تلفّت يمينًا وشمالًا، وهو يلقي نظرات متسائلة.

ـ اخرج، قلت لك! ـ هزّ كتفيه في شكّ ـ نعم إني أخاطبك أنت!

بعينيه اللتين رفعهما إلى السماء، وذراعيه المتدلّيتين المتأرجحتين، حاول «لونيس» التعبير إيماءً عن عدم فهمه لما يحصل. لن ينطق كلمته الأولى في هذا النهار أمام معلّمة اللغة الفرنسية.

تقدّم نحوها بوقاحة، شامخًا بأنفه، نافخًا صدره، ونظر إليها بازدراء وهو يغتصب ابتسامة هازئة. لم يتوقّف هذا التحدّي الصامت إلّا حين دار «لونيس» على عقبيه وجرّ رجليه بتكاسل حتى الباب، ثم صفقه وراءه.

عندما تلاشى وقع خطواته في الممرّ، تذرّعت «كاترين» بحالة ملحّة لمغادرة غرفة الصفّ. أصبحت حركاتها متشنّجة مضطربة؛ كانت على شفا نوبة عصبية. لا مكان للضعف في إحدى «المناطق التعليمية ذات الأولوية»[1]، ينبغي أن تكتم إهانتها وتخفي جرحها.

---

(١) «المناطق التعليمية ذات الأولوية» (ZEP) في نظام التعليم الفرنسي هي مناطق أقيمت فيها منشآت تعليمية مجهزة بوسائل إضافية وتتمتع باستقلال كبير لمواجهة المشاكل المدرسية أو الاجتماعية، متخلية عن مبدأ المساواة التقليدي للنظام التدريسي الفرنسي حيث إنها تقدم تعليمًا أكثر لمن هم بحاجة أكثر (المترجم).

«فرانسيس فيرمولان» شخص مستدير. مستدير الأنف، والوجه، والجسم؛ تتكوّن ملامحه من دوائر متّحدة المركز، تضفي عليه مظهرًا أنيسًا، يتناقض مع وظيفته. فالسيد «فيرمولان» هو مدير ثانوية «جورج براسنس» في «إيفري».

لم يكن يتعدّى الثانية والأربعين من العمر، ولكنه كان متعبًا، فاقد الحماس. فقد سئم من وعود وزرائه الكاذبة، من استهتار الهيئة التعليمية ولامبالاتها، من إهمال التلاميذ الذين يفتقرون إلى الدوافع. «من أجل تعليم جديد، في أمكنة جديدة». الكلمات المدوّنة على اللوحة التدشينية، نصف المقتلعة، الممهورة بتوقيع «جاك لانج» الذي شغل منصب وزير التعليم الوطني قبل أربعة عشر عامًا، تعكس بين السطور فشل من كان أصغر مدير ثانوية في فرنسا. كان قد آمن بإمكان تغيير العالم بمبادئ ثورية، ولكن تعذُّر ذلك دفعه اليوم إلى تعديل النظام، وإلغاء مجلس التأديب.

في السنتين الماضيتين، انتابته حمى قمعية دفعته إلى تقوية عضلات أساليبه التربوية. سيدشّن «لونيس عامري»، الذي ارتسم خيال قامته الطويلة ضمن إطار الباب، هذه المرحلة من الصرامة المشدّدة.

ـ عامري، أنت إذن لم تتخلَّ عن عاداتك السيّئة.

ـ لم أفعل شيئًا.

ـ هذا واضح.

ـ إنه تأخّر ليس إلّا!

ـ إنه تأخر آخر، قاطعه السيد «فيرمولان» عابسًا، لن نتسامح بعد الآن
عن تكرار المخالفة. أنت مفصول ثلاثة أيام.

ـ ثلاثة أيام؟

ـ وفوقها ساعتا قصاص بعد الدوام بسبب اعتراضك. كل كلمة تقولها
ستُعاقَب عليها بساعة إضافية بعد الدوام. هيّا، اخرج، سوف تفكّر في
ألف طريقة وطريقة لتبديد حياتك في الخارج!

مرّر «لونيس» يده على ذقنه دون أن يحتجّ. في المحكمة، في البيت،
لدى الشرطة، في كل مكان يسمع اللازمة نفسها. العقاب السريع لا يترك
مجالًا للحوار، فعليه إذن أن يسكت. سيسمح له حقّ الصمت بالتأمل في
النتائج التي ترتّبت على عشرين دقيقة من التأخير.

٢٢

انتهى عمل الفترة الصباحية، سيتوقف «جان - مارك لوموان» حتى الظهيرة. كانت القهوة في مقهى «لاغار» (المحطّة) أشد مرارة من المعتاد. لا يهمّ، فشيئان اثنان يستهويانه في هذا المكان، عَرَق التفاح وسباق الخيل.

مجموعة الرفاق، زملاء العمل بخاصة، كانوا يلازمونه مراهنين على سباقات بعد الظهر. مضمار صعب في «لونشان»، لم تتوقعه مجلة «باري تورف»[1]. لن تكون الظروف في صالح «بواشيش» (حُمُّص)، الحصان الفتي المرجح فوزه في الدور الثاني. فبهذه القاعدة الغبية التي تحدد عدد ضربات السوط للحصان ذي السنتين بثمانية، سيكون الخور له بالمرصاد. الفوز حتمًا من نصيب «فليبوستييه دو لورانجري» (حرامي بستان البرتقال)، أشّر «جان - مارك» على اسمه في ورقة الرهان الثلاثي، كواحد من الأحصنة الثلاثة المتوقّع فوزها. راح «ديديه»، المارسيلي ذو القناعات الثابتة، يهزأ من اختياره، وهو يحتسي كأسًا من العرق المطيّب باليانسون وقد دفعت ثرثرته الآخرين أيضًا إلى انتقاده، ولكن «جان - مارك» لم يتراجع عن رأيه.

ثمة رجل بقي منعزلًا بعيدًا عن الآخرين، متكئًا بمرفقيه على منضدة

(١) «Paris Turf» هي صحيفة رياضية فرنسية يومية متخصصة في سباق الخيل وموجهة إلى المراهنين والمحترفين على السواء (المترجم).

الشرب، يحتسي كأسًا من النبيذ. لم يكن من عادة «بول ماسّون» الصموت أن يختلط بروّاد المقهى؛ وما كانوا يعرفون عن ذلك القاضي الذي يعمل في باريس سوى أن لديه ابنًا في «إيفري»، هذا كل شيء. ولكن «باولو» كان قادرًا على الإفراط في الشرب، وهو ما يجعل منه رفيقًا حسن الصحبة.

لم يكن «جان - مارك» قد ثمل بعد بكأسه الرابعة، عندما اعتقد أنه رأى اللاعب الثاني عشر في فريق «باريس سان جيرمان»، ذلك الذي حال بينه وبين ركوب حافلته هذا الصباح، يعمل كعميل سريّ على طول شارع المحطة. ليس هناك شكّ، إنه هو الذي كان يلتفت برأسه مثل دوّارة ريح! ولكن لماذا يشغل نفسه بتفاصيل غير ذات بال؟ فليستمع إلى «لويس» العجوز يحكي عن الصفقة القذرة الأخيرة لعمدة البلدية المجاورة. سيدور الحديث حول القيل والقال حتى موعد نقل الطلاب التالي.

في التاسعة والنصف صباحًا ليس هناك مخلوق في «إيفري»، فالأصدقاء نائمون أو في المدرسة. ألقى «لونيس» نظرة أخيرة على سور الثانوية، لن يشتاق إلى ذلك السجن. ظل يراوح مكانه، باحثًا في ذهنه عن شيء يشغله خلال النهار. لن يعود إلى البيت، لو عاد ستقتله أمّه، سيذبحه أبوه. ولن يبقى كذلك في الشارع، فبوجود عائلة كبيرة العدد، يكمن الخطر له في كل مكان. عليه، ربما، أن يرحل، ولكن... إلى أين؟ فكر... بقالة العجوز محمد، الصوت المنبعث من المذياع، مداهمة الشرطة، حسين... إن «جريني» هي ضالته المنشودة في هذا الوقت، لقد عثر «لونيس» على ملعبه!

ولكن الطريق إلى محطة قطار الأنفاق مزروع بالألغام، فإخوته موزعون هنا وهناك. خالد موظف أمن، يقف أمام مصرف «سوسيتيه جنرال»، كامل سائق في دار البلدية، ينقل كبار السن، وطارق، وهو عاطل عن العمل، يحتمل أن يتواجد في أي مكان. لحسن الحظ فإن الصغير أحمد في المدرسة، وحافظ في السجن، والكبير مصطفى، قد هجر المنزل!

ركض «لونيس» إلى المحطة. إذا لم يكن المرء مطمئنًا إلى محيطه، فإن الاستعجال هو الطريقة المثلى لتجنّب لقاء غير مرغوب فيه. وسع خطواته منطلقًا بأقصى ما يستطيع من سرعة، ولكن الجهد الذي كان قد بذله للّحاق

بالحافلة كان يؤلم ساقيه. استردّ أنفاسه أمام مقهى «المحطة». هنا تتعقّد الأشياء، فتجمُّع الأشخاص المنطلقين إلى أعمالهم يقلق «لونيس». دعا ربّه، عضَّ على أسنانه، أوف... الحمد لله، لقد تجاوز الخطر. لم يبق سوى تفادي مفتشي القطار، أمر بسيط.

في ست دقائق وسبع ثوان، حسب ساعة يده، انتقل «لونيس» من كآبة «إيفري» إلى كآبة «جريني». مشهد أبنية ضخمة، ألوان كامدة، تصميم مدينيّ عمرانيّ متشابه. كان ثمة ملصق إعلاني ثلاثة أمتار في أربعة لمجلّة «ليكسبريس»، يقول كمن يهزأ بالناس: «الضاحية، إلدورادو[1] الجديدة». نظر «لونيس» حوله، تحسّس ذقنه وابتسم.

أهلًا أخي! ها هو حسين يناديه من مقعده. نظارات شمسية، حذاء رياضي ماركة «نايكي» في قدميه، قبعة «بالورب»، بنطال واسع، نموذج مثالي للضاحية مزروع في محطة «جريني» منذ الأزل. تراه في الظهيرة، في الساعة الثامنة مساء أو الثانية صباحًا، تارة وحيدًا وطورًا بصحبة بعض الرفاق. حسين جزء من ديكور المحطّة، ممتزج بمكوّناتها. كان هناك شابان ضخما البنية برفقة ذلك التافه المدّعي ذي الصوت الأخنّ، واقفين يحاكيان حركة ترقيص القدمين في كرة القدم.

ألم أقل لك؟ زيدان قوي جدًّا! تأكّدت مخاوف «لونيس» بينما يتقدّم باتّجاههم: إن انتصار فريق «ريال مدريد» سيكون على رأس قائمة الحديث اليوم. حكّ رأسه، صافح المهرّجين الثلاثة ثم تجاسر على تغيير الحديث.

---

(١) مدينة الذهب الوهمية المفقودة التي حيكت حولها الأساطير ويفترض أنها في أمريكا الجنوبية، قيل إن ترابها ذهبٌ لذلك أصبحت هدف المستكشفين الباحثين عن الثراء. غدت إلدورادو فيما بعد رمزًا للبحث عن كنز معين ليس ماديًّا بالضرورة، فقد يكون الذات أو الطموح... إلخ (المترجم).

ـ لقد أصبحتم نجومًا أنتم أبناء «جراند بورن»، فقد تكلموا عنكم في التلفزيون. ماذا لديكم من أخبار؟

ـ لا شيء مهمًّا على الإطلاق، أنت تعرف الموضوع...

لا، ليس لدى «لونيس» أي علم بالموضوع.

ـ أقصد أن التلفزيون والمذياع، يبالغان دائمًا. كنت في «جراند بورن» البارحة، ليس ثمة ما يمتّ إلى القاعدة بصلة.

تابع حسين كلامه شارحًا أن ذلك ليس سوى هذر صحفيين يركضون وراء الإثارة، وأن الذين أمسكت بهم الشرطة فرنسيون أبًا عن جدّ. ومثل المهرجين، كانت ذراعاه وشفتاه تتخذان الشكل المستدير ذاته.

ـ هذا ليس هذيانًا صدّقني، أحلف بحياتي إنه صحيح!

وأخذ حسين يسخر من تشكيك «لونيس» الذي أربكته الحركات المروحية لذراعي صديقه.

ـ لقد شوت قبعتك دماغك، ونظارتك اللعينة تعميك!

كلام «لونيس» أشعل الشرارة في برميل البارود، فتحول الحوار إلى حرب. وبعد استنفاد جميع الكلمات المسيئة عن الأمهات والأخوات وبنات الأعمام وبنات الإخوة والجدات وبيت الحمى والأحفاد والأجداد، آلت تلك المصارعة الكلامية إلى لا شيء، واستأنف حسين الحديث من حيث كان «لونيس» قد قطعه، متكلّمًا عن حركة ترقيص القدمين.

في الثانية عشرة والنصف صادف «فرانسيس فيرمولان» «كاترين ليبيناس» في مطعم المدرسة. بشفتيها المزمومتين، وشعرها المعقوص إلى الأعلى، وقذالها المتصلب، كانت مدرّسة اللغة الفرنسية تطفح بالجفاء. ولم يستطع جسمها ذو الاستدارات، وإن أضفى بعض اللطف على قسماتها، أن يجعل منها امرأة جذابة. كانت «كاترين» باردة، متحفّظة، متكلِّفة، تتقيّد بآداب السلوك التي تجري في عروقها مجرى الدم.

كانت جالسة إلى الطاولة تهزّ ساقيها على إيقاع توتر أعصابها، تأكل وحيدة، بعيدة عن مجموعتها من المعلمين الذين يتمتعون بخبرة ثلاثين عامًا على الأقل. ولكن عزلتها الاختيارية لم تلبث أن اخُترقت عندما جلس «فرانسيس» في مواجهتها. مَنَع التحفّظ والرصانة اللذان تربّت عليهما المعلمة من إظهار أي تعبير خلا حركة ارتداد إلى الوراء تكاد لا تُلحظ. وضع المدير صينية طعامه بفظاظة ودون استئذان، وفتح ظرف الملح ثم رشه على قطعة لحم البقر المشوي مع صلصة «التارتار»، ودون أن يرفع رأسه، خاطب «كاترين» قائلًا:

ـ لقد استقبلتُ عامري صباح اليوم في مكتبي.

ـ حقًّا؟ دمدمت «كاترين» بنبرة تأفف من الدخيل المتطفّل.

ـ لقد قاصصتُه بالطرد من المدرسة لثلاثة أيام، لن يزعجك ثانية. كان «فيرمولان» يتكلم وفمه مليء بالطعام، مما أثار اشمئزاز «كاترين».

ـ طرد لثلاثة أيام؟ ردّدت «كاترين» الجملة تلقائيًّا كالصدى دون أن تفكّر في معناها.

ـ طرد لثلاثة أيام؟ سألت بجدية ورصانة أكبر وقد ثابت إلى نفسها.

ـ نظام جديد، سلّم عقوبات جديد.

فرك «فيرمولان» يديه فخورًا بالشعار الذي ابتدعه، قبل أن يغمس ملعقته وشوكته في صحن المعكرونة.

اندفع المدير في شرح دقائق نظامه: المادة «١٣ ب» تنصّ على عقوبات لمن يقوم بتكرار الخطأ، تكون عبرة للآخرين. لم يوجه نظرة واحدة إلى «كاترين» المصعوقة من مظهره الذي يدعو إلى الرثاء، وإسهابه العقيم. كانت تمرّر يدها باستمرار على غرّتها، راسمة على وجهها تكشيرة باردة تتناوب مع تعابير عدم فهم. تابع المدير، المسحور بوجبة الأكل، شرح النصّ بلهجة العالم المتضلّع. ثم ما لبث حديثه المنفرد أن توقّف عندما بدأ هجومه على علبة اللبن الرائب.

عبّرت «كاترين»، التي كانت تنتظر دورها في الكلام، عن استنكارها. لا، لم تكن تريد أن يطرد «لونيس» ثلاثة أيام، إنذارٌ يكفي، فعدم الالتزام بالنظام لا يستحقّ مثل تلك العقوبة القاسية. سألته إن كان بإمكانه التراجع؟ إن «لونيس»، وهو ليس شخصًا بهذا السوء، يستأهل الرأفة.

توقّف «فيرمولان» عن كشط قعر علبة اللبن متباغتًا. رفع عينيه ناظرًا إلى معلمة الفرنسية ولاحظ لأول مرة اعتراضها على ما يقول. ما هذا الذي تتفوّه

به؟ لقد أساء الإفراطُ في التساهل إلى سمعة الثانوية، وجميع العاملين في تلك المؤسسة التعليمية، بمن فيهم المدرّسون، قد صوّتوا لصالح التغيير. من غير الوارد الرجوع عن هذا القرار عند أول مناسبة. ثم إنها هي من طرد عامري من الصف، فعلامَ احتجاجها وهي الأدرى بالسبب؟ وماذا عن الطلّاب؟ ما الذي سيفكّرون فيه؟ إن هذا سيشرّع الباب أمام جميع أشكال الخروج عن النظام!

عرض المدير حججه بغطرسة ونبرة آليّة، فدواعي التقاعد المبكر قد عفا عليها الزمن. في تلك اللحظة عبرت «إيزابيل لافوريه» الصالة، موجهة إلى «فيرمولان» ابتسامة معسولة. بلعت «كاترين» ريقها، ونهضت معتذرة من جليسها. إن مناقشة أمر في الغرفة نفسها التي تتواجد فيها تلك الشبقة الباحثة عن العلاقات الجنسية فوق طاقتها، يمكن لقضية «لونيس عامري» أن تنتظر.

كرة القدم، الشائعات التي تدور في الأحياء، آخر مباريات فريق «سان جيرمان»، ثلاثة موضوعات لا ينضب لها معين في حديث حسين، وقد ظلّ يلفّ حولها ويدور مثيرًا ضيق «لونيس». بعد أن غادر الشابان الضخمان، وحل محلّهما، على المقعد، اثنان آخران لا يتميّزان عنهما في التفاهة، عادت القضايا نفسها إلى جدول أعمال اليوم. في المرة الثانية، لم يعد «لونيس» يستطيع احتمال هذا القصاص المفروض عليه فانطلق لا يلوي على شيء. لم يكد حسين يلحظ ذهابه، فقد كان انتباهه مُركزًا على التعليق على الجزء الأخير الصادر من لعبة الفيديو المسماة «سرقة السيارات الكبرى» (GTA)، حيث ينبغي على رئيس العصابة أن يطلق النار على كل من يتحرّك لكي يحمي منطقته.

سار «لونيس» على غير هدى في شوارع «جريني»، ونظرته تائهة في المكعّبات الخرسانية. اشتاق إلى قباحة «إيفري»، ولكن الوقت كان مبكرًا جدًّا على العودة دون إثارة الشكوك. عثر على حجر أمامه فأخذ يلعب به. راح يوجه إليه ركلات قوية منفّسًا عن الغضب المحتدم في صدره. ولكن الوجوم الذي رآه في وجوه المارّة دفعه إلى الكفّ عن هذه اللعبة.

لم يكن لدى «لونيس» ما يفعله، حكّ وجهه لكي يطرد عنه ذلك الكابوس

عندما سمع صياحًا يتصاعد من ملعب «اتحاد جريني» الرياضي». هدف، حركة، ثمة مباراة بين شباب المنطقة وشباب «ريس - أورانجيس»، فكّر «لونيس» في أنها قد تستحق عناء الذهاب لمشاهدتها. إن لعبة كرة القدم لا تستهويه عادةً، ولكن غياب الأفضل دفعه إلى الجلوس في المدرج على بعد بضعة أمتار من مراهقتين، الخالق الناطق المغنّية «بريتني سبيرز»، والتلصّص على الحديث بينهما، لمجرد قتل الوقت.

مباراة تعيسة هذه يا أخي! كانت الفتاتان اللتان ترتديان كالدمى وتتكلمان كالفتيان، تعلّقان على اللعب الرديء. التفت «لونيس» إليهما. هاتان الـ«تييري رونالد»[1] بكعبين عاليين، محقّتان بالفعل، فالمباراة محزنة وتدعو المرء إلى التساؤل إن كان ما يراه هو حقًّا مباراة كرة قدم. الأحرى أن تسمى مباراة مصارعة حرة: ركلات سفلية، وعرقلات على مستوى الركبة، وضربات ساعد، وإمساك بالخصم كما في لعبة الجودو. حركات العرقلة الواضحة لم يعاقب عليها ذلك الحكم الأربعيني، القوي البنية، الذي يمكن أن يكون أبًا لهؤلاء الأولاد. لقد انقلبت السلطة، كان ذلك الرجل الوجِل ذو الملابس السوداء يتلقى الشتائم. خسر شباب المنطقة ٢/ ٠، ومن هذه الخسارة غذّوا هياجهم متناسين أي وازع. دخل الأمر في دائرة معيبة: فعلى الضرب الذي وجّهه هؤلاء زد أولئك بعدوان مضاد. جائزة العنف تذهب إلى رقم ٥ في فريق «جريني»، «الليبرو»[2]، الذي كان ينطح الخصوم ويسدد ضرباته إلى أماكن الجسم الحسّاسة وهو يقفز في الهواء. أخذ «لونيس» يؤيّد كل حدث بتعليق: يا سلام،

---

(١) معلق رياضي فرنسي شهير (المترجم).

(٢) «الليبرو» هو لاعب حرّ مرن لا يتقيد بمكان معين في اللعب فيمكن أن يكون في الدفاع ثم ينتقل إلى الهجوم، ويكون في يمين الملعب فيصبح في اليسار أو في الوسط (المترجم).

حفلة ملاكمة حلوة! آي، مؤلمة جدًّا ضربة الكوع هذه في الأضلاع! ثم راح يقلّد حركات المعتدين؛ متظاهرين بالبراءة، يرفعون أذرعهم إلى السماء، معتدى عليهم، يتدحرجون على الأرض. أخذت المراهقتان، نورا وياسمينة، تضحكان من حركاته التهريجية. افتعل «لونيس» حركات أخرى واقترب منهما. فتاتان حلوتان، محشورتان في بنطالين من الجينز الضيق المتدلي الخصر وقميصين مخصّرين يبرزان تقاطيع الجسم. أخذت الكبرى، نورا، وهي شابة بضة عبلة القوام، توجّه إلى «لونيس» غمزات موحية، مشجّعة إياه على زيادة العيار.

ماذا تعمل؟ إلى أي مدرسة تذهب؟ اقترب «لونيس» من نورا متصنعًا الاهتمام بالرد على أسئلتها، وهو يتحسّس ذقنه بلمسات لطيفة، فغاصت عيناه في تقويرة قميصها المكشوف الصدر. فعل الإغراء فعله، وكان تبادل أرقام الهاتف الجوال على وشك أن يتمّ، عندما دوت صيحة أبطلت السحر. فإذا برجل مسجى على العشب. هذه المرة ليست مجرد ضربة بالمرفق. لقد انتقم «الليبرو» الشَّكِس لخزي الهزيمة وهزالة أدائه. فبعد عدة تمريرات للكرة بين أقدام الخصوم تعبيرًا عن الاستخفاف بهم، خرج من الملعب، ليعود بعد دقيقة واحدة وبيده سكين طعن بها لاعب الهجوم الذي كان قد تجرأ على مراوغته. لم يأت أحد لنجدة الجريح، لا اللاعبون الذين انخرطوا في المشاجرة الجماعية، ولا المشاهدون، السلبيون، العاجزون عن طلب الإسعاف. أمّا الحكم فقد هرب عند رؤية أول نقطة دم بسرعة تماثل سرعة العدّاء «بن جونسون» تحت تأثير المنشّطات.

توافد الأصدقاء ثم أصدقاء الأصدقاء لإغاثة لاعبي «جريني». أما لاعبي «ريس» فقد دفعتهم قلة عددهم إلى التراجع. في وسط هذا الازدحام، كانت الأرجل تصطدم بالجريح الذي لا زال ملقى على الأرض. مرت دقائق طويلة

قبل أن تُسمع أخيرًا صفارتا سيارتي الإطفاء والشرطة. تفرّق الناس في هرج ومرج مُخلين مسرح الأحداث. لم ينتبه «لونيس» في قلب هذه المعمعة إلى اختفاء جارتيه. دار بنظره فيما حوله، وداعًا نورا، وداعًا ياسمينة. لا يزال النهار الملعون مستمرًّا.

رنّ الهاتف في بيت عامري. لم تردّ فاطمة المشغولة بتنظيف غرفة الاستقبال. لقد مضى ثلاثون عامًا على هجرتها إلى فرنسا، وما زالت الفرنسية لغة غريبة بالنسبة لها. كانت تتحدّث مع صاحباتها، وكلهن مغربيات، بالعربية. مع كل رنّة، كانت تشدّ يدها أكثر وهي تلمّع البلاط، مفعمة بالإحباط.

كانت ربّة أسرة كبيرة العدد وقد بذلت نفسها في سبيلها: سبعة صبيان وثلاث بنات وزوج عنيف حادّ الطبع اسمه سمير. زادت الولادات المتكرّرة من عرض وركيها، وأضفت الاستدارة على تقاطيع جسمها، كما حفرت التجاعيد خطوطها في وجهها. كانت عيناها تضيئان وجهها الكامد بنور يُكسب محيّاها كآبة عميقة. ويتوارى شعرها الطويل الحالك السواد تحت خمار كان سمير صاحب فكرة ارتدائه.

تركت فاطمة غرفة الاستقبال إلى المطبخ، بقي ربع ساعة على بدء مسلسل «ليه فو دو لامور» (نيران الحب) ، دبّ فيها النشاط. الهاتف يرنّ من جديد. من ذا الذي يتصل في هذه الساعة؟ تردّدت، هل تجيب؟ قد يكون مصطفى، ابنها البكر، من يدري؟ جلست فاطمة ساكنة برهة، ثم استأنفت عملها. لن تعرف أن «كاترين ليبيناس» تحاول أن تخبرها بفصل ابنها من المدرسة.

كان رهانًا رابحًا، درّ على «جان – مارك لوموان» ألف يورو. عرض على الجميع كأسًا على حسابه، قبل أن يعود إلى محطّة الحافلات بخطى وئيدة، ليصل متأخرًا، وثملًا. لم يكن «روبير»، رئيسه، يعير اهتمامًا لنسبة الكحول في دم موظفيه، كل ما يطلبه منهم هو أن يعيدوا الحافلات إلى المرآب قطعة واحدة سليمة. إن ظروف العمل، الشاقة، تبرّر تناول بعض الشراب المنعش المنشّط. فطلاب ثانوية «جورج براسنس» لا يُطاقون، لقد استولوا على زمام الأمر تاركين السائقين بلا حَول ولا طَول. وضمن هذا السياق أصبح «جان – مارك» «فشّة خُلْق» لهؤلاء الأولاد. لقد وضعه ولعه بالشرب في مركز دائرة التهكم والاستهزاء، ولكن جسامته، ذات الوقع في النفوس، كانت تحميه، وهو ما لم يتوفّر لزميله «لويس».

حلّ «جان – مارك» محلّ «لويس» على الخط ٢٣٢ الذي يمقته السائقون. لم يكن في هذا العمل ما يسرّ: الرواتب، ساعات العمل، العُطلات، كانت الإدارة تفرض رغباتها على موظفين خانعين مستسلمين لأقدارهم، و«جان – مارك» أولهم.

خلف مقود حافلته القديمة من نوع «سيسترا إس ٢١٥ إس إل»، وفي آخر

لحظات السكينة والهدوء، وضع «جان – مارك» في فمه قرصًا من السكّر بطعم النعناع. ألقى نظرة خاطفة في المرآة، ثم أعطى إشارة اتجاهه، ميمّمًا وجهه شطر حي «بيراميد».

الضمان الاجتماعي، الخزينة العامة، دار البلدية، الصيدلية، مكتب البريد، السوبر ماركت، جميعها تردّد عليها طارق الذي كان يقوم بأعمال عدّة في وقت واحد لتلبية احتياجات عائلته. وباستثناء حادث طارئ في الضرائب، وصفّ انتظارٍ هائل الطول في البريد، مرّ النهار في وتيرته المعتادة.

كان شديد الشبه بأخيه «لونيس»، ولكنه أقصر منه طولًا. من بعيد، يخلط الناس بينهما في غالب الأحيان، أما من قريب، فإن القامة والنظرة الحزينة تميزانه. لم يكن طارق موهوبًا ولكنه كان شغّيلًا، وكان انضباطه خليقًا بأن يحقق له نتائج مدرسية مُرضية، ونجاحًا مقبولًا، ولكنه بدلًا من ذلك وجد نفسه عاطلًا عن العمل، يتقاضى إعانة من الدولة، ولا يبرح يلعن خياراته في الحياة التي أملاها عليه العنف الأبوي ومسئولية الأسرة.

كان طارق يجرّ رجليه ويداه مثقلتان بالحوائج. وكان يضطر للتوقف كل مائة متر في طريقه إلى موقف الباص ٢٣٢، تحت أنظار المارة الذين يرمقونه مبتسمين. لم يحاول أحد أن يمدّ له يد المساعدة، ولا حتى السائق الذي يتمتع بعرض منكبي عتّال. حمدًا لله أن هذا النهار قد انتهى، قبل أن يأتي نهار آخر، مماثل. كان حسّ الواجب سجيّة وعادة مستحكمة لدى طارق.

أنهك الهرب من الملعب «لونيس» واستنفد قواه. ثلاث جولات من العدو في نهار واحد ليجد نفسه هنا، في «جريني»، في لا مكان. أين يذهب؟ ليس من الوارد أن يعود إلى مقعد حسين، ويجلس حتى يتصلّب جسمه.

رأى محلًّا لبيع التبغ على ناصية الشارع! أجل، إن اعتزال العالم، وتدخين سيجارة حشيش، فكرة بسيطة وعبقرية. اشترى «لونيس» ورقة لفّ واتّجه إلى مكان يبعد حوالي مائة متر، إلى غابة «شاكو»، وهو يلعب بكيس صغير من الدخان في جيبه. وبعد كشف دقيق على الأمكنة، عثر على ركن للّقاءات الغرامية، فسحة معزولة خلف الأشجار.

أفرغ «لونيس»، بمهارة شخص متمرّس، ظرف الدخان فوق الورقة، وهو يتأنّى في حركاته، متلذذًا باللحظة الحاضرة. إحساس التحكّم هدّأ روعه؛ شعر بقشعريرة تصعد حتى صدغيه.

أدار عينيه في نظرة أخيرة للتأكد من أمان المكان وما حوله، لا شيء يسترعي الانتباه، أطبق شفتيه بنهمٍ على لفافة الحشيش، وأخذ سحبة، شعر بالانعتاق. أخذ سحبة طويلة، ملأ رئتيه بالدخان، ثم تركه يخرج، فرأى العالم بطريقة مختلفة. الأبنية اختفت، الحياة تغيّرت، الزمن استطال. القيود، العائلة، المدرسة، الأرض، كلّها لم يعد لها وجود. عاش في عالم من دون أنظمة، من

دون سورات غضب أبيه، ولا نحيب أمه، من دون الحضور الثقيل لإخوته وأخواته. مدّد الوقت، وسّع الفضاء، بسط جناحيه محلّقًا في الهواء، اتّحد معه، أصبح ذاته، سافر، أعاد طلاء «إيفري» بألوان الحياة، أرجع البسمة إلى شفتي أمه، هدّأ هياج أبيه، حرّر حافظًا من السجن، اشترى جوربين جديدين لأحمد، وثوب عرس جميل لخديجة، باعد جدران الشقة، ألغى حدود الضاحية. مرّر «لونيس» يده على شعره، لمس شيئًا ناعمًا كالقطن، لماذا لا تكون الحياة في بساطة حلم؟

ولكن سرعان ما غرق في هلوسات الحشيش. «ليبيناس» العجوز و«فيرمولان» يطاردانه، أمه تبكي، أبوه يضربه بحزامه، «إيفري» لعبة فيديو في يد حسين، «لونيس» حكم مباراة كرة قدم بين «جريني» و«ريس»، «الليبرو» المجنون يطعنه بالسكين، الثانوية تحترق، ينجو ولكنّ الباص لا ينتظره، يركض، يلتقط أنفاسه ثم يركض ثانية، يستفيق كل يوم على شقّ في الجدار، على رائحة قدمي أحمد النتنة، تُسد المنافذ على حافظ حيًّا، يهجر مصطفى البيت إلى الأبد، طارق في آن واحد في البلدية، في الوكالة الوطنية للتوظيف، لدى شركة الكهرباء، في القنصلية، في سوبر ماركت «كارفور». عمره بأكمله ينقضي في الضاحية: موظف أمن، محاسب، شرطي، خادم في مطعم «ماكدونالدز» للوجبات السريعة، البزّة أو اللباس الموحّد، الامتثال للتقاليد. حياته، المستقبل، الكرب.

في الساعة الثانية ظهرًا، أعلن «نيكي» و«فيكتور نيومان»، بطلا مسلسل «نيران الحب»، زواجهما الثامن أمام عيني فاطمة عامري الشغوفتين. وبين الفينة والفينة كان جرس الهاتف يعاود الرنين. تكفّلت القيلولة وأعمال البيت بإشغال ما تبقّى من فترة بعد الظهر، حتى عودة الأولاد، بالترتيب: أحمد، كامل، سهيلة، حبيبة، خالد، خديجة.

سألت فاطمة كلًّا بدوره إن كان قد اتصل بالمنزل وأجابوا جميعهم بالنفي. لعله مصطفى. تنهّدت فاطمة بحسرة، رمى أحمد، الذي لم يرَ أخاه الكبير قطّ، بنفسه بين ذراعي أمه.

توقّف العناق عندما ظهر سمير، فالإسراف في التعبير عن العواطف محظور في وجوده. ما إن يأتي حتى تتوتر الملامح، وتتحوّل الأصوات إلى همهمة. لقد زرع المستبدّ ذو المتر وسبعين الرعب في قلوب أفراد أسرته، بمن فيهم خالد، وهو عملاق بطول متر وتسعين. كلّ مساء الطقس ذاته: يلقي بنظرة خاطفة إلى المطبخ فيقدَّم له الطعام في الحال، ثم يجلس أمام التلفزيون، لا سلام ولا تحية، لا قبلة، ولا حتى كلمة.

كان سمير يشتغل في النهار على آلة خراطة يسبب له ضجيجها إزعاجًا مضنيًا بسبب أذية لحقت بطبلة أذنه اليسرى. ثم تأتي وظيفته الليلية، كعامل

تنظيفات، لتمعن في إنهاكه، مستثيرة سرعة انفعاله وحدة غضبه. إن القدرة على إعالة أسرته، فخرُ ربّ الأسرة، كانت حمله الثقيل.

ـ سجائري!

خرج سمير من جموده وعدم اكتراثه بطرق تعبيره المفضلة، الدمدمة والكلمة الواحدة.

ـ طارق لم يعُدْ بعد، سيصل، سيصل بين دقيقة وأخرى.

تزاحمت الكلمات في فم فاطمة، فهي تحفظ طبع زوجها العنيف عن ظهر قلب.

وقد برّرت ردّة فعل سمير مخاوفها. إذ قفز من أريكته وراح يكيل لها الشتائم، قاذفًا برشاش لعابه في وجهها، ثمّ وجّه إليها صفعة هائلة. كلمةٌ واحدةٌ لم تندّ عن فاطمة التي ارتدّ رأسها إلى الخلف، قبل أن تتهاوى بجسدها على الأرض أمام أعين ولديها خالد وكامل اللذين شهدا الحادثة محجمين عن التدخّل.

في تحدٍّ لأهل البيت، حدّق في أولاده واحدًا واحدًا، رافعًا ذقنه إلى الأعلى بعزم وتصميم، ثم غادر الشقة في اندفاع مباغت. تجمّع الأولاد لمساعدة فاطمة، غير أنّ المرأة رفضت بإباءٍ الأيدي الممتدة إليها وقامت متكئة على ذراع كرسي. أقسم كامل أنه لن يسمح لهذا الوحش بضربها مرة أخرى. ولكنّ فاطمة ذكّرته، بنظرة باردة، بأن على المسلم الصالح أن يطيع والده. كان الخضوع هو حجر الزاوية في تربيتها.

انتهت هلوسات الحشيش، وعاد «لونيس» إلى «إيفري» بخطوات متمهّلة، فليس في البيت أحد بانتظاره. كانت الضاحية تعجّ بسكانها العائدين من أعمالهم، وقد أدخلت الشوارع الملأى بالناس الطمأنينة إلى قلبه. كان الشباب الذين ليس لديهم ما يفعلونه يتسكعون متجهين إلى «آغورا»، متجمّعين زمرًا في المركز التجاري «إيفري ٢».

وقف «كريستوف» منتصبًا أمام متجر «فناك». قامة مربوعة، رأس حليق تحت القبعة العسكرية اللون، قميص ضيق على قدّ الجسم، عضلات مفتولة بارزة.

ـ هيه، «لونيس»!

ـ ماذا لديك من أخبار يا «كريستوف»؟ أين صاحبتك يزيد؟

ـ اغرب عن وجهي! أنا أنتظر هذا الوغد، لقد تواعدنا هنا. ألم تره؟

في تلك اللحظة وصل يزيد. إن «كريستوف»، وحيدًا، يصعب احتماله، ويصبح مع صديقه الملازم له الجحيم نفسه.

ـ تعالا، هناك مشاجرة في الحيّ!

بقبّعة «كريستوف» نفسها، وقميصه الضيّق عينه، ومنكبيه العريضين

٤٣

ذاتهما، كان يزيد يتكلّم ملوّحًا بذراعيه في جميع الاتجاهات، والعرق يقطر من جبينه؛ فقد كان من الأسهل على هذا الشاب المتين البنيان أن يرفع مائة كيلوجرام من الحديد من أن يركض مائة متر.

- ما الذي تقوله؟ أنا أنتظرك منذ ساعة! كان «كريستوف» يتكلم وهو يحرّك يديه، مقلصًا عضلاته.

- الشرطة! إنهم في كل مكان، أقسم لكم، هناك شاحنات ملأى بشرطة مكافحة الشغب، لست أدري لماذا، ولكن الأمر يبدو خطيرًا. ينبغي أن يتجمّع الناس هناك، لن نسمح لهم باستباحة حيّنا، تبًا لهم.

- وموضوعنا؟ هل سنتخلى عنه؟

- لدينا وقت كافٍ، الوضع محتدم في الحيّ!

توجّه الصديقان إلى «بيراميد» جارّين «لونيس» معهما. عشر دقائق للوصول إلى الحيّ المطوّق بسلسلة متراصة من رجال الأمن. مظاهرة؟ اجتماع انتخابي؟ لم يبدُ لأعينهم شيء يبرّر هذا الانتشار باستثناء الاستفزاز.

صدر الأمر بالتجمّع في حي «بيراميد»، فتدفّق الشباب زرافات ووحدانًا. حوالي مائة شخص تجمهروا لكي يذودوا عن منطقتهم. فتيان لا يتعدّون الثانية عشرة من عمرهم راحوا يشتمون رجال الشرطة، ويرشقونهم بالحجارة، بينما يحثّهم الإخوة الكبار على التعقل، دون نتيجة. إنها فرصة لا تُفوّت للتنفيس وإطلاق الطاقة الانفعالية المكبوتة. وراء دروعهم الواقية، وقف رجال الشرطة باردي الأعصاب، تلوح على وجوههم سيماء اللامبالاة، وهراواتهم في أجربتها.

شيء غريب، قال «لونيس» لرفيقيه الساهيين عنه، المنتظرين بفارغ

الصبر لحظة الانخراط في القتل والضرب. القصة ذاتها حدثت بعد مباراة كرة القدم في «جريني»، أصبح الأمر مضجرًا. عسى أن يبدأ الهجوم وينتهي على خير.

ولكن بدل الهجوم المنتظر، أخذ رجال الأمن يتراجعون. كل خطوة إلى الوراء كان سكان الضاحية المهتاجون يقابلونها بخطوة إلى الأمام. إن النصر يمدّ لهم ذراعيه، إنه في متناول أيديهم. ازداد الرشق بالحجارة شدّة، حتى الأقلّ عدوانية وشغبًا شاركوا في محاصرة الطريدة وإعلان الفوز بها.

تجاوب «لونيس» مع اللعبة على غرار الآخرين. للمرّة الأولى يرى الذلّ والهوان في المعسكر الآخر. خذ، إليك هذه تذكارًا لآخر تدقيق في بطاقة هويتي! وهذه من أجل «ليبيناس»! وهذه لـ«فيرمولان»! لقد هيّج شعور الانتقام «لونيس»، ضد الشرطة، ضد السلطة.

اندفع شاب من «البانك» في حوالي الثلاثين من عمره عابرًا الشارع بأقصى سرعة. شعرٌ كعرف الديك، جينز ضيق، جزمة قصيرة بمقدمتين مستديرتين، وكنزة قطنية كتب عليها «لا مستقبل»، كانت العبارة تلخّص الوضع. لا، ليس ثمة مستقبل في «إيفري»، ولا مناص من الهرب.

انطلقت مركبات رجال الأمن كالإعصار، وأحرز أهالي «بيراميد» نصرًا مؤزّرًا كان احتفالهم به في منتهى الغرابة: أحرقوا السيارات، حطّموا عدّادات المواقف، خربشوا على الجدران، كسروا زجاج النوافذ، كلّ شيء جعلوا عاليه سافله. لكن ما حدث عندما ظهر الباص رقم ٢٣٢ كان دُرّة العرض. عياط وزياط، هيا... الجميع إلى الباص! سنصفّي حسابنا معه! نصف دورة قام بها سائق مذعور لم يكن لديه الوقت لإتمام مناورة الرجوع إلى الوراء. مائة ساعد دفعت الحافلة وجعلتها تترنّح دون أن

تفلح في قلبها. لم تلبث سيارات التحقيق الصحفي الأولى أن وصلت،
وسرعان ما سيغدو المتبجحون، المتعنترون، أبطال الأخبار التلفزيونية.
ثم فُتحت أبواب الباص، واندفع الحشد إلى الداخل، فهيّأ السائق نفسه
واستجمع قواه.

اقترب الباص ٢٣٢ من محطته القادمة، «بيراميد». أطلق طارق زفرة ارتياح، سيتخلّص أخيرًا من حِمل مشترياته. من بعيد، رأى دخانًا، وسمع صخبًا وجلبة، شيء مبهم ومريب يحدث في الحيّ.

رجال الأمن في كل مكان، حجارة تتطاير، سيارات تحترق، أولاد أزقة يظهرون فجأة متراكضين، ينبغي أن أستدير عائدًا إلى الوراء، بسرعة! خاطب «جان - مارك لوموان» نفسه وسارع إلى لفّ مقود الباص الهرم، مناورة صعبة وسط جو ضاغط. فات الأوان، وجد نفسه محاصرًا فأطفأ المحرّك. المركبة تترنّح، سوف تنقلب. أدار المحرك ثانية وانطلق ليرغم المهاجمين على التقهقر، فتعالى زعيق الركاب. ماذا بهم، هل أخطأ في تصرّفه؟ ستدهسهم! محاولة لفتح الباب، إن التمرّد يأتي من الداخل، تدافع، عشرة أشخاص تهجّموا على السائق. دافع «جان - مارك» عن نفسه قدر استطاعته حتى تمكّن أحد المتمردين من فتح الأبواب، فاندفع الناس المحتشدون في الخارج إلى داخل الحافلة. أردت أن تقتلنا إذن، أليس كذلك؟ مهما بلغ «جان - مارك» من القوة وضخامة البنية، ولكنه كواحد مقابل مائة لم يكن له أي حظّ في الفوز. سدّد بضع لكمات كيفما اتفق، فوقع أحد الأشخاص على الأرض. لنحاصره! لنثأر منه! ازداد العنف تأجّجًا، فطُرح «جان - مارك» أرضًا وأُوسع ضربًا.

نأى طارق بنفسه عما يجري، محاولًا حماية أكياس المؤن التي يحملها. اقترح مراهق نحيل الجسم إشعال النار في الحافلة، وسط الهتاف والتهليل. اخرجوا جميعًا، الباص سيحترق! تحرّك الركاب في عجلة وتدافع، فاصطدمت امرأة مسنّة بأكياس طارق ووقعت على ظهرها، وداستها الأرجل، أنهضها طارق، سمع زمجرات، ألا تستطيع أن ترتّب حوائجك بشكل أفضل؟ لم تتمكن المرأة العجوز من استعادة توازنها، فرافقها طارق حتى المخرج، ثم التفت عائدًا ليسترجع أكياسه، فإذا بالنار قد اشتعلت في الباص. ولكنه تقدّم مع ذلك. إن دخل البيت فارغ اليدين فسيقتله أبوه. حمى أنفه وعينيه من الدخان، أين خزان البنزين في هذا الباص اللعين؟ ستكون كارثة إذا وصلت إليه النار! رأى رجلًا على الأرض في مكان القيادة، إنه السائق، لقد تلقى ضربة على رأسه، لا يسع طارق تركه هكذا! ولكن ماذا عن المشتريات؟ وأبيه؟ فليكن ما يكون. سحبه من الأتّون، كم هو ثقيل هذا الرجل! كزّ أسنانه، وهوب، أخرجه. ساعدوني، اللعنة، لن أتمكن من الوصول! أخذ طارق يسعل، شعر بوخز في عينيه وحلقه، وتساقطت دموعه، تصاعد الدخان إلى وجهه، فأعماه، أحسّ بقواه تخور، لكنه استمر مع ذلك في التقدم. ما لبث أن شعر بيدين تمتدان إليه، ثم أربعة أيدٍ، الحمد لله... لقد جاء العون.

ـ هل أنت بخير؟

سأله المسعفون.

التفت طارق صوب الحافلة، لقد التهمتها ألسنة النيران، لم يعد هناك أمل في استرداد مشترياته.

كانت أولوية الطبيب العناية بالسائق الممدّد غائبًا عن الوعي. جسّ نبض المغمى عليه، وأجرى له تدليكًا للقلب.

جلس طارق وحيدًا على الرصيف حتى شعر بأنه استرد قواه، فنهض وهو يترنّح. لا بدّ أن يغادر المكان بسرعة لكي يتجنّب الأسئلة المربكة لرجال الشرطة الذين سيتّهمون أوّل شخص يرونه إذا لم يعثروا على المسئولين. ابتعد طارق عن ساحة الأحداث. فسواء أكان المرء مذنبًا أم بريئًا، فإن استجوابات الشرطة ستسوّد صفحته وتجعله من أصحاب السوابق في «إيفري».

إن المنزل الواقع في «كوركورون»، والذي اقتناه «كاترين» و«جيرار» منذ ثلاثين عامًا، هو، بالإضافة إلى كلبهما، «سبوكي»، آخر صلة تربط بينهما. بيت وحيوان، رمز عيد زواجهما اللؤلؤي. كانت «كاترين» أكثر إنهاكًا من أن تستطيع جز عشب الحديقة، فغاصت في كرسيّها الهزّاز لمتابعة برنامج «كيستيون بور آن شامبيون» الذي تحوّل إلى هوس لديها. من حاز الميدالية الفضيّة في سباق ٤٠٠ متر في الألعاب الأولمبية عام ١٩٠٤؟ ما أطول أنهار زمبابوي؟ ما الفيلم الأوكراني الفائز في مهرجان برلين عام ١٩٦٥؟ كانت جاهزة للإجابة عن أي سؤال وليس من السهل هزيمتها. في نادي «كوركورون»، حثّتها رئيسة النادي، «أندريه»، وقد ضارع انبهارُها بها غيرتها منها، على المشاركة في البرنامج المتلفز، واثقة من أن مرشّحتها ستفوز بالجائزة المخصّصة لمن يربح في خمس حلقات متتالية. أية دعاية ستكون للنادي! ولكن شعور الرهبة والخوف كان يدفع «كاترين» إلى الرفض دائمًا، حتى عندما سجّلت الرئيسة اسمها بالسرّ مرّة ضمن المرشحين.

خلال عشرين دقيقة، ظلت «كاترين» تتأرجح في كرسيها وقد نسيت الدنيا وما فيها. لم تكترث لغياب «جيرار» إلا عندما رأت تلك الرسالة على باب الثلّاجة: «سأعود متأخرًا، لا تنتظريني». طعنة جديدة، اضطربت، قُضي الأمر، لقد سرقت منها «لافوريه» رجُلها. ماذا بيدها أن تفعل، هي التي تقترب من الستين، أمام امرأة فتيّة في الخامسة والثلاثين؟ شيطان منتصف

٤٩

العمر قد وسوس لـ«جيرار» في الوقت الذي نال منها الإعياء والسأم وغدت بأمس الحاجة إليه.

أعدت «كاترين» أكلة دجاج بالبندورة والفليفلة الخضراء، وهي شاردة الفكر، وعيناها هائمتان في الفراغ. مرّرت يدها على غُرّتها، نفضت الغبار عن المنضدة. «متعة الأكل لدى الرجل تفوق متعة الجسد»، لطالما كرّرت «إيفون»، أم «كاترين»، هذه الجملة على مسامع أميرتها الصغيرة.

كان بودّ «كاترين»، عوضًا عن أن تلعب دور ربة المنزل المثالية، أن تفتح قلبها وتبوح بسرّها. ولكن لمن؟ لأمّها؟ لا، هذا غير وارد على الإطلاق. لأصدقائها؟ وهل بوسعها أن تفضي بدخيلة نفسها وتأتمن على أسرارها رفاق تسلية لا تراهم أكثر من مرة واحدة في الأسبوع؟ لعنت العزلة وهي تكتب رسالة صغيرة يائسة إلى زوجها: «عشاؤك في الفرن، أحبك يا عزيزي». ستستعيد «كاترين» «جيرار» بجميع ما تملك من وسائل.

نادى «كريستوف» ويزيد على «لونيس» بعد أن شبعا من التنفيس عن غضبهما بتكسير سيّارة «رينو ٥» قديمة، ألا نذهب الآن؟ هل تأتي معنا؟ لا، ينبغي أن يفعل شيئًا آخر، ليس مضطرًّا لإزعاج نفسه بصحبة هذين الاثنين الملتصقين. لقد قضى وقتًا طويلًا في الخارج، لا بدّ أن ينهي السهرة في البيت.

قطع مائتي متر وإذا بثلاثة صحفيين يلحّون عليه لإجراء مقابلة، لكنه رفض معتذرًا. ما زال المصعد معطلًا، صعد الدرج ممتعضًا ويده متمسكة بالدرابزين، عليه أن يجرّ نفسه خمسة طوابق. على المسطحة أمام الباب تناهى إلى سمعه صراخ وزعيق، إنه أبوه في إحدى فورات غضبه.

نكص على عقبيه بسرعة عائدًا أدراجه واندفع في الاتجاه المعاكس للحاق، على كره منه، بـ«كريستوف» ويزيد. مهلًا مهلًا، سأرافقكما. ها هو «لونيس» مع اثنين أرعنين يرغب في تجنبهما، ولا يطيق صحبتهما، ولكنهما، على علّاتهما، أرحم من أبيه. سار معهما، عطفة صغيرة وسيجدون أنفسهم في «بيت الشبيبة والثقافة» حيث يمكنهم أن يلعبوا بضعة أشواط من كرة قدم الطاولة (بيبي فوت)، لكنهما أكملا طريقهما. من عادة «كريستوف» ويزيد أن يكونا طليقي اللسان، يستفيضان في الحديث

عن نتائجهما القياسيّة في رفع الأثقال في وضع الاستلقاء، ولكنهما لم ينبسا هذه المرة بحرف وهما يوجهان نظرات مرتابة إلى ما يحيط بهما. سار «لونيس» ويداه في جيبيه، وراح يسمع، سادرًا، صدى خطواته على الحصباء.

كانت النزهة قصيرة، إذ ما لبثا أن توقّفا بعد ثلاثمائة متر، أمام مبنى في شارع «بيكاسو».

ـ هل سترافقنا؟

هزّ «لونيس» كتفيه.

ـ هيا، تعال، لن تبقى هنا!

ـ أي طابق؟

ـ الأرضي.

لم يكن لدى «لونيس» عذر، فقبل. كان النهار قد مال، والطقس قد برد. عبر البهوَ شخصٌ يعرفه، إنه «البانك» ذو الكنزة القطنية المكتوب عليها «لا مستقبل»، حدّق «كريستوف» في وجهه.

ـ هل رأيت هذا الشاب يتسكع هنا من قبل؟

ـ لماذا؟ هل تريد رقم هاتفه؟ ضحك يزيد من مزحته الغليظة.

اربدّ وجه «كريستوف»، تلفّت حوله ثم دقّ الباب. لم يردّ أحد، أخذ يقرع بدون توقّف... بعد دقائق خمس فتح رجل نصف نائم.

ـ ماذا تفعلان هنا أنتما الاثنان؟ ومن هذا؟

أشار النعسان بإصبعه إلى «لونيس»، مرتابًا. لا شيء يميّزه سوى عينيه الحمراوين وبؤبؤيهما المتوسعين.

ـ أنت طلبت منا أن نأتي، يا رشيد، وها نحن هنا.

ـ لقد سألت من هذا! كرّر وقد رفع صوته.

ـ صديق من الحيّ، اسمه «لونيس عامري»، شقيق حافظ، يشبهان بعضهما بعضًا أليس كذلك؟

تمعّن الفاحص في «لونيس» مستجمعًا تركيزه كلّه.

ـ بإمكاني أن أغادر إذا كنت أسبب إزعاجًا.

الحذر الذي أبداه الشخص الواقف قبالة «لونيس» أقلقه، ولكن بأقل مما فعل التلميح إلى أخيه الذي كان أكبر مروج للمخدرات في منطقة «إيل دو فرانس». لقد بدأ الوضع يستعصي على فهمه.

ـ حسنًا، كفى، يبدو أني أُصبت بجنون الارتياب. كيف حال الأخ؟

ردّ «لونيس» بلهجة فاترة تخلو من الحماس. كان شكّه وسوء ظنه في الرجل يزدادان. خطا خطوة في اتجاه الانسحاب، ولكن يد «كريستوف» الضخمة التي حطّت على كتفه اليسرى، أوقفته. حذا يزيد حذو «كريستوف»، فشعر «لونيس» بضآلته بين الاثنين اللذين يشبهان الغوريللا في ضخامتهما.

ـ دقيقة واحدة ونعود.

قاد المضيف «كريستوف» ويزيد إلى غرفة مجاورة. وجد «لونيس» نفسه وحيدًا فراح يتمعّن في المكان وهو يحكّ ذقنه. كان ثمة علب كرتونية تحوي

شاشات «بلازما»، وآلات تصوير رقمية، وهواتف محمولة، مخزون يليق بمتجر «دارتي» للأجهزة الإلكترونية. لا بد من مغادرة جحر الأفاعي هذا، عليه أن يتخلّص من تلك الورطة بأسرع ما يمكن. أدار «لونيس» مقبض الباب، فلم يتحرّك. إنه محبوس! قام بمحاولة أخرى، أكثر قوة هذه المرة. وإذا بالباب يُدفع بعنف في وجهه.

ـ الشرطة، إياكم أن تتحركوا، أيديكم إلى الأعلى ملتصقة بالحائط!

القسم الثاني

جدران صفراء اللون، دهان متشقّق، خال «لونيس» نفسه وقد عاد إلى شقته العائلية ذات التفاصيل المشابهة: في مواجهته جلس رجل يرهقه بالأسئلة، إنه «البانك» ذو الكنزة القطنية «لا مستقبل». لم يكن عرف الديك، والجينز الضيق إذن سوى زيّ تنكّري!

ـ ما الذي تتاجر به عند رشيد عدناوي؟ ما هو دورك في العملية؟ مروّج؟ راصد؟ جالب زبائن؟ هل تعمل بالنيابة عن أخيك حافظ؟

في غرفة التحقيق، وهي جحر مغبرّ لا نوافذ له، تمّ تأليف سياق جديد للأحداث. فتقهقرُ رجال الأمن في حي «بيراميد» كان يهدف إلى عدم المجازفة بانكشاف عملية مداهمة واسعة النطاق. لقد جرّ «كريستوف» ويزيد شقيقَ حافظ عامري، أكبر مروّج سابق للمخدرات في المنطقة، لاسترضاء خليفته. لم يكن «لونيس»، منذ البداية، سوى دمية ترقص في نهاية خيطين يحرّكها مهرّجان، يجب أن يخجل من ذلك. هزّ رأسه، استياء وإنكارًا، وقد صعد الدم إلى وجنتيه.

ـ هيّا، جميعنا متعَبون، وأنت في الدرجة الأولى، اعترف بكلّ شيء وسوف ندعك وشأنك.

وضع «لونيس» يده على ذقنه، ها هم رجال الشرطة، بعد «كريستوف» ويزيد، يسخرون منه، ولكنه لن يقع في الفخ هذه المرّة.

في الساعة الثامنة مساء، بعد جلسة توبة في المسجد، عبر سمير عامري حي «بيراميد» وسط كسارة الحجارة وكاميرات التلفزيون. كانت التوبة أمام الله، بالنسبة له، أكثر أهمية من صفح أهله.

دار سمير ولفّ عبر حارات جانبية لكي يتفادى آلات التصوير. خصّصت أقنية التلفزيون صدارة نشراتها الإخبارية لعصيان «إيفري»، تدعمها حملات إعلامية ضخمة. طلب الصحفيون المتخلّفون من المتعنترين المتبجّحين إعادة تمثيل ما حصل من شغب. فقام محمدو، وهو كتلة هائلة من العضلات بطول مترين، ولشدة ما اندمج في الدور، بسحق سيارته القديمة من نوع بيجو ٢٠٥! همجي مفعم بالغضب وحبّ المشاكسة على شاشة «تيه إف ١»، لقد أصبح العملاق، المقهور بعد أن وعى غلطته، ضحية البربرية على شاشة «فرانس ٢».

شكّلت صور الباص ٢٣٢ أثناء إشعال النار فيه موضوعًا لا بدّ من التوقّف عنده في نشرات الأخبار. ولمّا لم يكن قد توفّر للمراسلين الوقت لنصب كاميراتهم، فقد بدأ سباق محموم لاختيار أفضل الأشرطة المصورة بأيدي هواة. فاوض شهودُ الواقعة، شاهرين هواتفهم المحمولة، على تعريفة الأسعار، ولكن كثرة العرض أتخمت السوق.

حثّ سمير خطاه، مغتاظًا. لم يكن يتوق إلى شيء توقه إلى العودة

إلى البيت والأكل والنوم، فنهاره غدًا يبدأ باكرًا، مع جمع القمامة. ستزيد مواجهات اليوم من عبء عمله؛ إن الأهل هم الذين يدفعون دومًا ثمن الأضرار التي يخلّفها أبناؤهم.

المصعد المعطّل! طوابق خمسة، على هذا الخمسيني المنهك أن يصعدها. أثقلَ ما بذله من جهد على ساقيه وعلى مزاجه. فتح باب المنزل مفعمًا بالاستياء فلم يرفع أحد عينيه باتجاهه. إنه غريب وسط عائلته. دخل سمير إلى المطبخ وهو يقاوم سَوْرة الغضب الذي بدأ يضطرم في صدره.

ثلاثون عامًا في هذا البلد لينتهي به الأمر هنا، مكروهًا من أبنائه. لقد ذهبت جميع تضحياته أدراج الرياح. اليد العاملة المغربية التي كانت غداة حرب الجزائر ثمينة، جليلة الفائدة، أمست حملًا ثقيلًا على فرنسا في الأزمة، وعلى المخلوقات الرمادية الصغيرة الآتية من كواكب أخرى من العرب القذرين. لم يشتكِ سمير يومًا، حتى عندما اضطر إلى الجمع بين وظيفتين للقيام بأود أسرته كبيرة العدد. ملاحظات جيرانه المنتقدة للأجانب الذين يعيشون على حساب الدولة، لصوص الإعانات كما يسمّونهم، لم تؤثّر فيه. بيد أن سَجن حافظ، وهروب مصطفى كسرا ظهره وحطما مقاومته. ولكن ما الفائدة في ترك تلك النكبة تقتله قتلًا بطيئًا؟ تسلّل العنف، بمكرٍ، ليحلّ محلّ الطموحات المجهضة والآمال الخائبة. كلّ ضربة يوجهها سمير تزيد في كرهه لنفسه، وهذا البغض يدفعه إلى أن يسدّد عشر ضربات أخرى. أدخلته الدوّامة التي لا مخرج منها في عزلة كان يملؤها بالمسجد، منتزعًا إعجاب زملائه في الوقت الذي يبحث فيه عن حب أسرته.

بعد أن ازدرد سمير طبق الغراتان، قام، استثناءً هذه المرة، بجلي الأواني. تصرّفُ النادم الراغب في التكفير عن ذنبه. ما إن أنهى عمله حتى أمسكت فاطمة بالإسفنجة لتعيد جلي الصحن الموضوع في المشكّ، ناظرة إليه شزرًا ولسان

حالها يقول حتى أسهل المهام لا تحسن القيام بها. شعر سمير بالإذلال، كزّ أسنانه، شدّ على قبضتيه، عض باطن خده، ثم اندفع إلى سريره وهو يدمدم.

هذا المساء، لم تذهب «كاترين» إلى نادي «البريدج»، بل آثرت البقاء في انتظار «جيرار». في الساعة الحادية عشرة، سمعت دوران المفتاح في القفل، ثم خطوات مختلسة. لم يفُت دبيب هذا الرجل الشكس زوجته التي انتصبت واقفة على عتبة غرفتها، ثم أشعلت النور لكي توقف تلك اللعبة. جفِل «جيرار»، وذكر بلعثمة عذرًا لا أساس له. كانت «كاترين» قد آلت على نفسها أن تكون مسالمة، فتقبلت قصة الكأس الأخيرة مع الأصدقاء بلا اعتراض. ولكن «جيرار» أخذ يختلق طُرفًا: «دنيز» شخص فكه وصاحب نكتة، «ستيفان» يسرف في الشرب. كان يزداد تورّطًا في الكذب.

- كفى، لو سمحت. تنهدت «كاترين» التي كانت تغلي حنقًا تحت مظهرها الهادئ، كاشفة عن ضيق صدرها.

- عفوًا؟ رفع «جيرار» كتفيه متصنّعًا عدم الفهم.

- تعرف تمامًا ما أعنيه يا «جيرار»، لن أضيف شيئًا، لا لزوم لكثرة الحكي، لقد أتيت لكي أقول لك إن عشاءك في الفرن.

- لقد تعشّيت مع أصدقائي. على فكرة...

قصة جديدة من نسج خياله، لا يستطيع زوجها التوقّف عن الكذب أبدًا، غادرت «كاترين» الغرفة في منتصف الجملة، وقد طفح بها الكيل. في المطبخ، مزقت الرسالة اللطيفة التي كتبتها لـ«جيرار»، إنه لا يستحق هذا الاهتمام.

في مستوصف «إيسّون»، راح «جان - مارك» يتأمل في كلام الطبيب الذي يقف قبالته في أسفل السرير. لقد أبقي هنا لدواعي الحيطة، ولكنه يفضل جو مقهى سباق الخيل العابق بالدخان على غرفته ذات الهواء النظيف الذي تخالطه رائحة «الإيثر». كان يهدّد بترك المستوصف خلافًا لرأي الطبيب المقيم.

ـ فكّر في الأمر، سيكون لك الحقّ في أسبوعي إجازة مرضية إذا بقيت.

ـ ولِمَ أبقى ما دمت لا أشكو من شيء؟ تساءل «جان - مارك» بدهشة وحيرة.

ـ لقد أصرّوا على ذلك.

أومأ الطبيب بحركة من كتفه، عبر الباب الموارب، إلى رجلي شرطة في زيهما الرسمي، واقفين أمام الغرفة وقفة الحراسة.

بحسبة بسيطة، تبيّن لـ«جان - مارك» أن أسبوعين من الحريّة يعادلان أربعة عشر رهانًا مثلثًا، وثلاثة أيام من بطولة فرنسا في كرة القدم، وعدة لترات من عرق التفاح، ألا يستحق هذا كلّه التضحية بليلة من الحبس؟

كان «جان - مارك»، بالنسبة للسلطات العامة، رمزًا أكثر منه مجرّد

مريض. وصورة «السائق المصاب بجروح خطيرة»، الذي أعاد التلفزيون مرارًا وتكرارًا عرض مشهد حافلته المحترقة، ستنطبع في الأذهان ببقائه ليلة في المستشفى. إن التحوّل إلى شهيد يبرّر الإرغام، الذي سيترجَم، بتحوير دلاليّ، إلى رد سريع.

لقد قبل «جان – مارك» اتفاقية الربح المتبادل.

«لونيس عامري» ذو الثمانية عشر عامًا، والطالب في المدرسة الثانوية، هو عدو البلاد رقم واحد. لقد شقّت الفرضيّة الصعبة التصديق طريقها بسهولة إلى أذهان المحققين. تصرفاته، أجوبته، لحظات صمته، جميعها غربلها رجال الشرطة، وأمعنوا فيها فحصًا وتدقيقًا.

ليس لدى «لونيس» صحيفة سوابق؟ إن هذا لدليل على مراوغته ودهائه. إنه مضطرب؟ جسده يخونه، يسكت، ضجرًا من الرد على الأسئلة نفسها؟ إستراتيجية الصمت تُفحم المذنب المثالي. يبدو من غير المعقول أن يكون شقيق حافظ عامري قد انجرّ إلى وكر أحد مروجي المخدرات بطريق المصادفة.

المحقق «لوترانشان» رجل صقل الاستجواب. شخصية آسرة، نظرة براقة، إلقاء واثق، نبرة جازمة تنمّ عن ذكاء فذّ. لقد بهرت هالة الضابط من في القاعة، كان قد صادر الكلام منذ نصف ساعة مستجوبًا عامري. إلّا أنّ قيام ضابط عالي الرتبة بالتحقيق مع أشخاص قليلي الأهمية لا يفتأ يثير فضول «جورج هيرو»، المصرور في كنزته القطنية «لا مستقبل»، ولكن، على غرار الآخرين، وقف يراقب الفنان وهو يعمل.

ـ لقد ذهبت مع حارسين شخصيين إذن للتفاوض حول صفقة كبيرة. لحساب أخيك أم لحسابك الشخصي؟ من الصعب بالتأكيد الوشاية

بواحد من الأهل، ولكنك ستعاقب بعشر سنوات سجن إن لم تبُحْ بكل شيء.

كان «لوترانشان» يتكلّم بلهجة تهديد، دون أن يرفع من نبرة صوته. إنه يعزف قطعته الموسيقية المفضلة، معزوفة العبقرية التي ستحلّ معضلة عن طريق الإلهام. لقد استحوذ «لونيس» على كلّ تفكيره فأهمل أبطال القضية الثلاثة الآخرين. عندما قضى هذا المحقّق منذ ثلاث سنوات على شبكة أخيه حافظ، حظي بترقية وشهرة كبيرة، فدُفع إلى واجهة الساحة الإعلامية، وأجرى الكثير من المقابلات. طبيعته ومهابته أوصلتاه حتى محطة «فرانس تروا ريجيون»، واليوم ربما دفعته دعوة شبكة تلفزيون وطنية إلى منصب مفوّض شرطة. في عمر الواحدة والثلاثين، يعدّ هذا نجاحًا باهرًا.

- وماذا عن الأسلحة في قبو عدناوي؟ هل أنتم عصابة لصوص؟ شبكة إسلاميين؟ هل تؤمن بالله؟ هل تذهب إلى المسجد؟

إن مجرّد الاتجار بالمخدرات لا يضمن للموضوع الصفحات الأولى من الصحف. و«لوترانشان» يعلم هذا، لذلك اتّجه نحو الإرهاب ومنظمة القاعدة، ليس للحقيقة أهمية، فحسبه أن تنشر الصحافة الشائعة وتروّج لها. من سيكترث لحكم يصدر في القضيّة بعد خمس سنوات؟

المهم لدى وسائل الإعلام هو اللحظة الآنية، اليوم، أمّا فيما بعد فلن يتحقّق أحد من صحّة الأمر.

عدناوي الذي تم استجوابه بدوره قد استفاد من الوضع. إذ غيّر شيئًا فشيئًا من روايته للأحداث متّهمًا «لونيس». أمّا «كريستوف» ويزيد، وبرغم أنهما شعرا بتحرّج أكبر، فقد أذعنا للوعد بإطلاق حريتهما فورًا؛ إن «لونيس» بالفعل رئيس عصابة ذات تفرّعات معقّدة وربما كان لها - من يدري؟ - علاقة بالشبكات الإرهابية.

أُرسل «لونيس» إلى زنزانته، مصعوقًا لرؤية رشيد و«كريستوف» ويزيد وقد أخلي سبيلهم. لقد شهدوا ضدّه، ما في ذلك شكّ! دفن رأسه بين كفيه، راجع مجريات نهاره، وعضّ على شفتيه.

تسلّل طارق إلى الشقة بصمت وهدوء. كان الحظّ إلى جانبه. ففي تلك الساعة، يكون أبوه نائمًا، وليس من الوارد إيقاظه. خلع ملابسه التي سوّدها حريق الحافلة بالسخام، لا فائدة من إقلاق أمه. كان على بعد مترين من غرفته متحسّسًا طريقه في الممرّ، عندما سمع صوتًا هامسًا.

ـ أهذا أنت يا «لونيس»؟

ـ لا، أنا طارق.

ـ آه طيّب. بففف.

يا للاستقبال! قال طارق في نفسه مقطّبًا جبينه، ولكن لا بأس، هذا يعني أن لحافه لم يُختلَس بعد. سار في الممر دون تردّد، فقد كان قادرًا على الرؤية في العتمة، وهي مزيّة اكتسبها بفضل عشرين سنة من العيش في هذا الجحر.

رائحة قدمي أحمد مَعلمٌ هداه إلى طريقه، فجلس على طرف سريره. سمع صرير أسنان أخيه الصغير المستغرق في نومه، ثم رآه يتحرك دون أن يفتح عينيه. تردّد طارق، هل يغتسل؟ لا، إنه منهك، ولربما أيقظ سميرًا. سمع الوشوشة نفسها.

ـ إذا رأيت «لونيس» فقل له إني أريد التحدث معه.

دمدم طارق، «لونيس»، «لونيس»، وماذا عنه هو؟

ـ لا شيء في هذا الملف، إنه خاوٍ تمامًا!

بعد تفحّص الوقائع، تطايرت إثباتات المحقّق «لوترانشان» شظايا، كانت هذه هي النتيجة التي خلص إليها «جورج هيرو». فإذا استُثنيت الاعترافات المنتزعة من ثلاثة شبان، فإن «لونيس عامري» غريب تمامًا عن القضية. بساقيه المتباعدتين، وشعره الذي صار مسطّحًا بعد أن كان كعرف الديك، ووجهه الذي يحمل سمات النبل، كان «جورج» جالسًا على كرسيه، يُطلع زميلته «فابيين ديسانتي» على انطباعاته وما يدور في رأسه، متحدثًا بنبرة رخوة وصوت خامل.

ـ كفّ عن التفوّه بهذا الكلام الفارغ، أنت تتحدّث عن «لوترانشان»، وهذا الرجل ليس أيًّا كان.

عبّرت «فابيين» عن شكوكها، وعيناها مسمّرتان على ساعة الحائط، تترقّبان ساعة الانصراف.

ـ لقد رأيت العرض الذي قدّمه، ولقد بُهرت به كالجميع، ولكن المشكلة تكمن في أن التهمة لا تصمد أمام الوقائع. فخلال ستة أشهر من المراقبة، لم يظهر اسم عامري البتّة، ثم لا يكاد يُلمح حتى يسمّى رئيس عصابة!

ـ ألا تعرف من هو «لوترانشان»؟ سأقول لك. إنه الشخص الذي يمكنه
أن يطردك برمشة عين، إذن أطعه بلا اعتراض.

خمس سنوات في سلك الشرطة لكي يسمع هذا الكلام. كلّ ما يقوله
«لوترانشان»، الرجل الخارق، غير قابل للنقاش! وماذا عن شرط الضمير؟ إن
«لونيس عامري» هو شقيق أحد المحكوم عليهم، فهل هو مذنب بالعدوى؟

سخرت «فابيين» من حميّة زميلها واندفاعه.

ـ إن تمثيل دور «البانك» قد أسكرك. سينتهي دوامي بعد خمس دقائق،
لديَّ من الوقت فقط ما يكفي لأن أشرب معك فنجانًا من القهوة،
يا «تشي جيفارا».

حضّرت ما لديها من قطع نقود صغيرة، ولكن «جورج» اعتذر عن قبول
الدعوة لأنه كان يريد إعادة النظر في قضيّة عامري.

ليلة ليلاء مرت على «كاترين»، فقد ترك «جيرار» الفراش الزوجي لينام على الأريكة، أي ألم مزّقها عندما استيقظت ولم تحسّ بجسده إلى جانبها! انسلّت كالشبح إلى المطبخ، مصابة بنوبة من الصداع النصفي، ثم أشعلت التلفزيون بحركة انعكاسيّة وفنجان القهوة في يدها، ويا للمفاجأة! «ويليام لميرجي» يذكر «إيفري» في برنامج «تيليمتان»! شرقت «كاترين» بقهوتها: شبكة إسلاميين في حي «بيراميد»، على بعد كيلومتر من منزلها؟ أمر صعبُ التخيل ولكنه شديد الإثارة!

«يتّجه التحقيق نحو مراهق طالب في ثانوية «جورج براسنس»...»

إرهابي في المؤسسة التي تعمل بها! إنها صور ثانوية «براسنس» على التلفزيون، لا شكّ في ذلك. منعها الغضب الذي انتابها مساء البارحة، من أن تخبر «جيرار» الذي كان لا يزال نائمًا. من عادة زوجها أن يستفيق باكرًا في الصباح، هذا التأخّر في الاستيقاظ يُعزَى إلى «لافوريه».

كفى تحسّرًا، كفى صداعًا، تركت «كاترين» شتلة السوسن التي كانت تزرعها، واندفعت داخلة إلى الحمّام. من أجل استعادة «جيرار»، سترتدي طقمها الكحلي، أجمل ثيابها.

شعر «جان – مارك لوموان» بأنه منهوك القوى، كحاله صبيحة ليلة سكر، حكّ مؤخرة رأسه فتعثرت أصابعه بتورّم ذكّره بأحداث البارحة. لم يكن تخريب حافلته حلمًا. فتح عينيه على سعتهما: سرير ذو قضبان، طست صغير فوق طاولة سرير، ثم ممرّضة تدخل فجأة مزقزقة بصخب «صباح الخير».

ـ كيف حال نجمنا؟ لقد دوّنت بياناتك في انتظار زيارة الطبيب، ثم إلى مكتب القبول لملء استمارة الخروج.

ذهل «جان – مارك» وهو يراقب الخطوات الميلليمترية الرشيقة لتلك الممرضة المفعمة بالنشاط والحيوية. قاست الحرارة، والضغط، وخلال دقيقتين، أنجزت الشقراء باهتة الشعر ذات المِيدعة[1] الناصعة، والنعلين الأبيضين عملها المبرمج دون أدنى هفوة قبل أن تنسحب.

لم يكد «جان – مارك» المبهور يصحو من ذهوله حتى دهم الطبيب غرفته. الخطوة المتكاسلة، والصوت الأبحّ، واللحية التي لم تحلق منذ ثلاثة أيام طمأنت «جان – مارك». فالاستيقاظ الصعب إذن ليس صفة خاصة به

_____

(١) الثوب المبتذل وثوب غير ذي كمين يُلبس فوق الثياب وقاية لها (المترجم).

وحده. قرأ الطبيب ورقة العناية قراءة خاطفة، ثم تمتم بشيء واضح كالشمس، كل شيء على ما يرام، يستطيع المريض مغادرة المستشفى.

سرى الهمّ عن «جان ـ مارك» وانشرح صدره، فأصلح هيئته بعض الشيء وتهندم ثم ارتدى ملابسه. إنه بحاجة إلى الكحول. حثّ الخطى في الممرّ. حين وصل المصعد، رأى جرّاحًا ينظر إليه نظرة مواربة، وفي الردهة أحسّ بأن ثمة عشر أعين تراقبه، هل هو هذيان تخيّلي لسكّير يفتقد الخمر؟ في مكتب القبول، وجّهت إليه الموظّفة تلميحات شهوانية مبطّنة. شيء غريب.

في الخارج، أصبح لحركات هؤلاء وتلميحات أولئك معنى. فقد كانت الكاميرات المتزاحمة أمام مدخل المستشفى تتعقّب النجم «جان ـ مارك».

ـ تعليق من فضلك! كيف أصبحت؟ هل تشعر بالحقد على من اعتدوا عليك؟

أحسّ «جان ـ مارك» بالانزعاج من الأضواء، ومن الأسئلة، فاستخدم مرفقيه وكتفيه لكي يشقّ لنفسه طريقًا، مبعدًا ميكروفونًا هنا، وصحفيًّا هناك. لم يكن يريد سوى الوصول إلى بار المقهى لاحتساء كأس من الشراب.

ـ وأنت، لماذا أُوقفت؟ سأل «لونيسَ» جارُه في الزنزانة، وهو «سلافي» طويل، بعد أن توقفّ عن المراوحة مكانه واستند إلى القضبان.

ـ لا شيء أبدًا. خطأ قضائي.

ـ نعم نعم، ولكني أعني في الحقيقة لماذا أوقفت؟

حاول «لونيس» أن يؤكّد براءته، ولكن تشكيك رفيقه، جعله يعدل عن الأمر. ما الفائدة في أن يفعل إن كان أحدًا لن يصدّقه اليوم؟ جلس على حشيّته، يمسّد صدغيه، وراح يستعيد صورة «كريستوف» ويزيد اللذين لم يجرؤوا، وهما حرّان طليقان، على النظر في عينيه. ولكن ما الذي قاله هذان الاثنان؟ فأن يتّهمه عدناوي، وهو شخص لا يعرفه، أمر يمكنه قبوله، ولكن أن يتخلّى عنه هذان الأزعران، فلا. هذان اللذان صدّعا رأسه بالحديث عن الشرف كما يعرفانه، ومرجعيتهما فيلم «سكارفيس[1]»، قد نبذاه، وهما في منزليهما في تلك الساعة.

ـ هل أستطيع إجراء مخابرة هاتفية؟ عاد «لونيس» إلى وعيه، فارضًا هدنةً على مشاعر الأسف والندم الثائرة في نفسه، فلا بد له من التفكير في خطة عمل.

---

(١) الوجه ذو الندبة هو فيلم عن المافيا، يدور حول حياة «آل كابوني» (المترجم).

ـ يا لك من غبي، ألا تعلم أن الإرهابيين لا يتمتعون بأي حقّ، أجابه الشرطي بازدراء.

ـ ولا محامٍ؟

ـ المخدرات والإرهاب سيان، ست وتسعون ساعة بدون محامٍ، لا يبدو عليك دهاء رجال العصابات.

ثلاثة أيام أخرى! فجأة بدا الوقت بلا نهاية. أصيب «لونيس» بنوبة من هوس العدّ، فراح يحسب: ٤٣٢٠ دقيقة، ٢٥٩٢٠٠ ثانية. كم من الوقت الضائع! في الزنزانة المشتركة، أخذ صوت خطى «السلافي» يسمع من جديد. وعلى سبيل تبديد السأم لا غير، سأله «لونيس»:

ـ وماذا عنك؟ لماذا أنت هنا؟

ـ جريمة قتل.

لم يطرح «لونيس» بعد ذلك سؤالًا آخر.

ـ كيف أتلفت ثيابك؟ كنت تتسكع، أليس كذلك؟ هل أحرقت سيارات مع الآخرين؟ عندما أفكّر في أن أباك ضربني بسببك! وسجائره، أين هي؟ سيقتلك إذا لم يجدها لدى عودته.

موّال الملامة والتقريع لطارق بدأ منذ الفجر. فقد وجدت فاطمة، وهي تفتّش ملابسه سرًّا، بنطاله الجينز وكنزته القطنية نصف محترقين. من سريره، كان ينظر إلى أمه وهي تبحث مواضيع العيب والعمل الشائن، ناعتة إياه بالخامل وعديم الكفاءة. بين تثاؤبين، روى طارق متلجلجًا قصة حريق الحافلة ٢٣٢، ولكن أمه استمعت إليه دون اكتراث. لا يهمّ، كان عليه أن يأتي بالأغراض في الوقت المحدّد. أرته فاطمة وجنتها المحمرّة ـ إنه ذنبك! ـ أحنى طارق رأسه، حنق صامت يمزّقه مذ ترك المدرسة. قبل أن تغادر فاطمة الغرفة، مدّت له يدها بقائمة المشتريات. أخفى طارق وجهه بين يديه، فكرة رهيبة عبرت رأسه. يمكنه أحيانًا أن يفهم أباه.

على درج المنزل الخارجي، وقفت «كاترين» تنتظر «جيرار» وهو يستعد للخروج استعدادًا بدا أن لا نهاية له. لم يعد أستاذ الفلسفة اللامع يملك زمام أمره منذ أن بدأت مغامرته العاطفية مع «لافوريه». كان مظهره يوحي بالحيوية والانتعاش بقامته الطويلة، وشعره الكستنائيّ المحمرّ، وغمّازته الضاحكة، وجبينه الضيّق؛ ولئن كانت التجاعيد، بعد ثلاثين عامًا من الزواج، قد زحفت إلى وجهه، وغزا الشيب فوديه، إلّا أن العمر قد أضفى على وجهه عمقًا، وتعبيرية جديدة. كان «جيرار» يبدو أكثر شبابًا من سنيِّه الأربعة والخمسين. متأخرًا، نزل الدرجات أربعًا أربعًا، قبّل «كاترين» على جبينها دون أن يبدي أي تعليق على طقمها الكحليّ.

قطعا المسافة بالسيارة في صمت جليديّ، وحده المذياع المثبّت على محطة «راديو نوستالجي» كان يخرق السكون. أمام بوابة المدرسة الحديدية، كان ثمة حشدٌ أشد كثافة من المعتاد، وصحفيون هنا وهناك يعترضون سبيل المارة مادّين أيديهم بالميكروفونات للرائح والغادي، وسؤال في الأفواه: من هو الإرهابي المفترض الذي ألقي القبض عليه في حي «بيراميد»؟

تجاهل «جيرار» و«كاترين» هؤلاء المزعجين ودخل كل منهما إلى صفّه بعد أن تبادلا عبارة «إلى اللقاء» بنبرة مهذبة. عندما كانا يدرّسان في مدينة

«مان»، كان من عادتهما أن يتبادلا قبلة بريئة، ولكن سرعان ما لاحظا، هنا، في «إيفري»، أن الطلّاب يسخرون من عادتهما الغريبة. التحيّة المبهمة طمأنت «كاترين»، إن «جيرار» لا يتجاهلها أو يستخفّ بها.

بينما الطلاب يلتحقون بالصفّ في غير نظام، عرجت «كاترين» على غرفة الأساتذة. بدأ النهار كما انتهى سابقه، بمكالمة هاتفية إلى بيت عامري. إنها تعرف العائلة حقّ المعرفة، فجميع أولادها مرّوا بمدرسة «براسنس». كانوا يتمتّعون بمقدرات عقليّة جيّدة، ولكنهم متروكون وشأنهم، لا أحد يعيرهم انتباهًا، وهكذا بدّد الصبيان مواهبهم إذ لم يحسنوا استغلالها. أما البنات، الأوليات في صفوفهن، فقد تركن المدرسة باكرًا جدًّا. سمعت رنينًا ثم صوتًا على الطرف الآخر.

ـ السيدة عامري؟

ـ نعم. أجابت خديجة كاذبة، فقد كانت تتكلم عادة باسم أمها.

ـ خديجة؟ أنا المدرّسة «ليبيناس»، كيف حالك؟

ـ آه... بخير. أجابت خديجة، متفاجئة بسماع صوت مدرّستها السابقة.

ـ أكلمك بشأن «لونيس»، كيف حاله؟

ـ في الحقيقة.. حسنًا... أظن... لمَ هذا السؤال؟

ـ ألستِ على اطّلاع؟

ـ بشأن؟

ـ فصله من المدرسة، بالطبع!

انقطع الخطّ، لقد أغلقت خديجة السماعة في وجهها. عقدت الدهشة

لسان «كاترين» إزاء هذا التصرّف المنافي للأدب. ولكن لا وقت للتأثّر، ستبدأ الدروس خلال دقيقتين، والطلاب يتدافعون أمام غرفة الصف.

في حي «بيراميد»، كان سمير عامري يغلي سُخطًا، ففي فسحة الوقت بين جمع القمامة والذهاب إلى المصنع، جاء رنين الهاتف ليوقظه من إغفاءته. لقد أنهت خديجة المحادثة خوفًا من أن يصل صوت العنف العائلي إلى أسماع شخص غريب.

ـ مَن الحيوان الذي يتّصل في هذه الساعة؟

ـ الرقم غلط، بابا، ولقد رددت بأسرع ما أستطيع.

ليس لديه سوى ساعتين على استئناف العمل، الوقت ضيق، عاد سمير إلى النوم وهو يهدّد ابنته.

ـ تعتبرينني مغفّلًا، سأريك يومًا...

أعارت خديجة أذنًا ساهية إلى جملة سمعتها ألف مرّة.

ـ هل رأى أحد منكم «لونيس»؟

على أخواتها اللواتي يتشاجرن على دورهن في الاستحمام، وعلى إخوتها المتكاسلين في أسرّتهم، على أمها التي تنشر وجبة الغسيل الأخيرة على الشرفة الضيّقة، طرحت السؤال لأول مرّة منذ أربع وعشرين ساعة لم يبِنْ فيها لـ«لونيس» أثر.

سبق صحفي على قناة «TF1»: في مواجهة المذيع «جان – بيير برنو»، جلس «هنري لوترانشان» يسمّع ديباجة الصيد الإرهابي مستخدمًا عباراته سحرية التأثير، معلنًا اسم المشتبه فيه الرئيسيّ وصورته «الأنثروبومتريّة».

كان المذيع التلفزيوني الماكر قد احتفظ بالجزء الدسم للنهاية، مسك الختام.

ـ هل يمكننا معرفة اسم رئيس الشبكة الإرهابية؟

ـ «لونيس عامري»، ثمانية عشر عامًا، بدون سوابق، ولكنه من عائلة معروفة لدينا جيدًا.

ـ ثمانية عشر عامًا!

هزّ مقدّم برنامج أخبار الواحدة ظهرًا رأسه استياءً، مدينًا بتكشيرةٍ المتّهم الذي يُفترض أنه بريء حتى تثبت إدانته.

أحدث المحقّق «هنري لوترانشان»، بهدوئه، ودقّته، ووضوحه، وقعًا كبيرًا في النفوس مرة أخرى. وقد تلقى بعد انتهاء البرنامج تهنئة من «جان – بيير برنو» الذي سأله قائلًا: إذا احتجت يومًا إلى رأي نيّر، هل يمكنني الاستعانة بخبرتك؟ هكذا يزيد المحقّق من حجم دفتر عناوينه،

توصية من نجم تلفزيوني، يا له من دعم! إن وصفته، طُعمه الذي يجتذب الناس بواسطته عبارة عن خلطةٍ من الكلمات الدارجة: ضاحية، مخدرات، إرهاب، اندماج. الخبرة التي اكتسبها من قضية عامري الأولى وسهولتها الطبيعية علّماه أن يثير الخوف مع الابتسامة التلفزيونية الجذابة لضيف ذي جماهيرية واسعة.

لنشرب نخب بطلنا!

احتفل الزملاء المجتمعون في مقهى سباق الخيل، بـ«جان – مارك لوموان» الناجي من الخطر، الذي كان متضايقًا لكونه محور كل ذلك الاهتمام. وردًّا على أسئلتهم، أجاب «جان – مارك» بدمدمة انزعاج، غير قادر على تذكّر التسلسل الزمنيّ لوقائع الحادثة. لم يستطع «جان – مارك»، وسط هذا الهيجان والضجيج، التركيز على سباقات اليوم، فانصرف إلى الشرب متجرّعًا الكأس تلو الكأس. ما إن بدأت نشرة أخبار الظهيرة حتى تزاحم رواد المقهى لمشاهدة الحدث المحليّ الشائق. أثار تتابع التحقيقات الصحفية المتطابقة، من قناة إلى أخرى، اشمئزاز «جان – مارك». في كل مكان التلصّص نفسه، في كل مكان سوء النيّة ذاته. «سائق الباص الذي أصيب بصدمة، وهو في إجازة مرضية لمدة خمسة عشر يومًا، لم يكن في حالة تسمح له بالإجابة عن أسئلتنا». لقد أصابه المعلّق الذي رافق خروجه من المستشفى بالغثيان، فابتعد عن المجموعة للجلوس مع «بول ماسّون» الذي كان يتّكئ بمرفقيه على منضدة الشراب.

ـ إنها التفاهات التي ينبغي ألا نعيرها أذنًا صاغية. قل لي، كيف حال ابنك؟

ـ على حاله.

٧٩

سيكون من الفظاظة طرح أسئلة أخرى على «بول»، فقد شكّل حاجباه المقطبان متراسًا يمنع الدخول إلى عالمه الخاص. يا للمهابة التي يتمتّع بها هذا القاضي! أكبر شرّيب فينا، ولكنه دائمًا منتصب القامة، متّقد النظرة، مع هيئة أرستقراطيّة. في المرّة الأولى التي دخل فيها إلى هنا ظنّ صاحب المقهى أنه يريد الاستدلال على الطريق. فالسيارة المرسيدس «كلاس سي»، والبدلة المفصّلة على القياس، لا تنسجمان البتة مع «إيفري». واجهة خارجية أنيقة، ودمار داخلي. أفرغ آنذاك ثلاثة كئوس من الويسكي بجرعة واحدة. كان يوم طلاقه.

ـ ألن تستغل شهرتك؟

ـ لست أنت من يقول هذا! أنت أرفع من ذلك.

ابتسم «بول ماسّون»، ما زال هناك شخص في هذا العالم ينظر إليه بعين الاحترام.

ـ في صحتك، رفع كل منهما كأسه وشربا نخبًا بين صديقين، بعيدًا عن الصخب والضوضاء.

«عندكم الساعة، وعندنا الوقت». تردّد هذا المثل الطوارقي في ذهن طارق وهو يراقب موظفي القنصلية الجزائرية في «فيتري»: ازدياد في فترات التوقّف والاستراحة، همّة في الأعمال المريبة، وكُوى خالية مهجورة، كان رقمه ١٢٥ في مجموعة من الناس يتمتعون بصبر أيوب. العدّاد الكهربائي يدعو الآن رقم ٥٦، أي أن عليه انتظار أكثر من ٦٩ شخصًا قبل أن يأتي دوره. بواقع خمس دقائق لكل مراجع، وهي فرضية متفائلة، لا حاجة لحساب معقّد لكي يحزر المرء أن طارقًا قد أضاع نهاره بسبب «لونيس». مرة أخرى، ينتظر مكان ذلك المستهتر الذي يستلقي الآن بكسل واسترخاء.

طارق هو رجل العائلة الذي يقوم بجميع المهمات، فهو كاتب عموميّ، صبيّ مشتريات، سائق تاكسي، كان يحمل أسرته كعبء على كاهليه. أجل، ولكن ما البديل؟ شاب دون مؤهّل دراسيّ، ينحدر من إحدى الضواحي، ومن أصل أجنبيّ؛ إنه في تقاطع جميع الفئات المنحوسة من الباحثين عن وظيفة. لو كان فقط بإمكانه العودة إلى ذلك اليوم الذي ترك فيه المدرسة! كم شجّعه أساتذته آنذاك على مواصلة الدراسة، ولكن أسرته كانت بحاجة إلى عون، وقد حُسم خياره ضمن حالة من الضرورة العاجلة، بل لقد أرسلت له مدرّسة الفرنسيّة، السيدة «ليبيناس»، وكان قد انقطع عن المدرسة منذ شهر، بريدًا مسجلًا يتضمّن ما فاته من دروس لكي يتمكن من التقدم لامتحان

«البكالوريا». متأثرًا بهذه البادرة، ذهب إلى الثانوية ليشكرها. وقد غلب الانفعال على المدرّسة عندما شرح لها الطالب، الجديّ للغاية، الهادئ للغاية، أن قراره نهائيّ، لا رجعة عنه. ولكن «كاترين» ألحّت عليه:

ـ أنا لا أرسل رسائل مضمونة لجميع الطلاب، بإمكانك أن تنجح، فكّر مليًّا.

انصرف طارق مثقل القلب، شاعرًا بوطأة اختياره الذي سوف يطارده لزمن طويل.

كنتيجة لرحيل مصطفى، أكبر أبناء سمير، عن البيت، أصيب الأب بانهيار عصبيّ وعولج في مستشفى خاص بالحالات النفسيّة. لم يكن هناك من يتّكئ عليه إلّا طارق فغدا الملاذ الوحيد. كان «لونيس» وأحمد صغيرين جدًّا، وكامل وخالد يعملان، لذلك آل دور شيخ العشيرة، الذكوري بالضرورة في التقليد الإسلاميّ، إليه. في ذلك الوقت زجّ حافظ بنفسه في تجارة المخدّرات، في البداية بحجة إعالة الأسرة، ثم استسلامًا لإغراء الربح. فأصبح طارق شبه قيّم على شئون البيت. وهكذا انتهى الأول في السجن، وانتهى الآخر بلا مستقبل.

لم يغيّر خروج سمير من مستشفى الأمراض النفسية شيئًا في التوزيع الجديد للأدوار. وبعد مرور سنوات خمس، ما زال الحظّ العاثر مصرًّا على ملاحقة طارق على هذا المقعد المصنوع من نفايات الحديد الصدئ، في «فيتري»، خلال فترة منح التأشيرات، قبيل العطلة الصيفية. كان طارق قد تحسّب للأمر، فحمل معه كتاب «الكونت دي مونت كريستو». جلس يقرأ هاربًا بفكره من هذا الواقع، وكان قد أنهى الجزء الأول عندما حان دوره أخيرًا.

ـ لقد أتيت من أجل بطاقة الإقامة الخاصة بأخي.

بلطافة مريبة، قالت موظفة الشبّاك وهي تغتصب ضحكة هازئة نصف مكبوتة:

ـ «لونيس عامري»، يذكّرني هذا الاسم بشيء... آسفة، لا أستطيع أن أخدمك، ينبغي أن تراجع إدارة الشرطة أو القِسم.

ـ لقد سألتُ عن الهاتف وقيل لي أن آتي إلى هنا! والدليل أنك تذكّرت اسم أخي!

ـ لا ليس الأمر كما ظننت. لقد سمعت اسمًا كهذا في التلفزيون...

هراء، أبرق طارق وأرعد، لن يقبل أن يذهب انتظاره سدى! تعقّد الوضع، صاح:

ـ أريد التحدّث مع رئيسك.

ثم انتهى به الأمر إلى الإذعان. نهار ضاع دون طائل، سيدفع «لونيس» ثمن ذلك.

ـ عامري، انهض، ستخرج!

لقد اتّضحت الحقيقة أخيرًا! وثب «لونيس» من سريره الزريّ ليتبع محرّره، الشرطيّ. تنفّس الصعداء... إذ كان «السلافي» الضخم الجثة قد أخبره بأن توقيفه ربما استمرّ أربعة أيام من دون محامٍ إذا حفظ الاتهام بالإرهاب أو الاتجار بالمخدرات. شكّل صوت المفتاح الذي دار في القفل لحظة عظيمة في الطريق إلى مكتب مثقل بأكوام من الأوراق. سحب الشرطي ورقة من بينها ودمدم:

ـ ضع توقيعك على هذه الورقة وسيُخلى سبيلك.

إنه محضر، دقق «لونيس» النظر فيه وهو يمرّ بيده على ذقنه.

ـ كلّما عجّلت في التوقيع كان أفضل لك.

«أنا، «لونيس عامري»، المولود في ١٢ أيار/ مايو ١٩٨٨، ابن سمير وفاطمة عامري، أقرّ وأعترف بأني مذنب في...»

ـ أبدًا لن أوقّع على هذه الأكاذيب، تستطيعون إعادتي إلى زنزانتي.

ـ آه، أنت ترفض التوقيع على المحضر، لا عليك، سيلعب هذا دورًا ضدك في القضية ولكن لا بأس...

ضغوطٌ نفسية، خداعٌ واستغرار، إن الأساليب البوليسية لا تخفى على «لونيس»، فالحيّ يهدر بقصص عن هذا الموضوع. ولكنه لم يكن، حتى الآن، قد تعرّض للمضايقة، ضربة حظّ. وقف متكتّفًا، دلالة على رفضه.

ـ وقّع هذا المستند الآخر، أرجو أن لا يجد السيد فيه ما يعترض عليه.

قرأ «لونيس» في الورقة مواعيد بداية التوقيف ونهايته، ساعات تقديم وجبات الأكل، أوقات الاستجوابات والاستراحات ومددها، ساعة الإعلام بالحقوق، ودواعي الاستجواب، تبدو المعلومات غير ذات أذى، ولكنه من باب المبدأ فقط، أشار إلى أنهم لم يعلموه قطّ بما له من حقوق.

ـ أنت إذن تريد البقاء هنا، ولِمَ لا؟ أحسنت صنعًا، لديك ثلاثة أيام لتقرّر.

استرخى «لونيس» ثم أذعن. ليس هذا سوى تفصيل في الإجراءات، فتلك الورقة ستثبت للقضاء أن توقيف الشرطة قد تمّ وفق الأصول القانونية، وأنه لا عيب في الإجراءات.

ـ تفضلّ، ها قد وقّعت، هل أستطيع الذهاب؟

ـ نعم، تستطيع الذهاب... عند قاضي التحقيق.

لقد تعمّد رجل الشرطة الساديّ التوقّف، متلذذًا بتعذيب «لونيس» الذي أشرق في البداية وجهُه ثم ما لبث أن امتقع، تبع الضابط بخطى متثاقلة نحو شوط جديد من ماراثونه القضائي.

على مقعد في ظلّ البرج رقم ٥، جلس «كريستوف» ويزيد مطأطِئَيِ الرأس، لا ينبسان ببنت شفة. كان يزيد يضرب بنعلي حذائه الرياضي على الحصى، ويدير قبعته «الكاسكيت» حول معصمه عندما قطع الصمت قائلًا:

ـ نحن حثالة، ليس لدينا شرف، ولا ذرّة منه.

ـ أكنت تفضل أن نبقى في الحبس؟

ـ لم يكن علينا أن نأخذ «لونيس» معنا، كنا نعرف أن الأمور ربما انتهت نهاية سيئة.

ـ هل خطر ببالك أن عدناوي سيدعونا إلى بيته؟ كنا متفقين على الخطّة، دعك من هذه الحركات وكفاك ادّعاء.

ـ ونتخلّى عن «لونيس»؟

ـ لا أدري، من الصعب أن نحكي القصة لعائلته دون أن نعترف بأننا كنّا معه، وأنا أفضّل تجنّب والد «لونيس»، فهو رجل لا يحب المزاح، إن كنت تفهم ما أقول.

ـ وماذا عن أخيه؟ أنا أعرف خالدًا جيدًا.

ـ هناك أفضل من ذلك الطويل العريض، ذلك القصير الذي نراه يتسكع في كل مكان مع أكياسه، وإن كان الأولاد يسخرون منه.

ـ طارق أو طاريق، صحيح؟ أعرفه بالشكل، يبدو طيبًا ومسالمًا، فكرة لا بأس بها.

اتُّخذ القرار، وسينسى الشابان اللذان لا ينفصلان أي أثر باقٍ من عذاب الضمير في صالة تنمية العضلات. ومن خلال أبواب النادي الزجاجية لن يفوتهما مرور طارق.

دارت الشائعة على الألسنة حتى وصلت إلى شقة آل عامري في الطابق الخامس. إن «لونيس» زعيم شبكة إسلامية! لم تترك خديجة سماعة الهاتف حتى استدعت جميع أفراد عائلتها، كانت البنات قد وصلن، والشباب في طريق عودتهم إلى البيت، لمواساة أمهم التي لم يجفّ لها دمع منذ ساعة، حتى إنها فوّتت حلقة مسلسل «نيران الحبّ»!

في موجات متتابعة، زحمت ثرثارات الحيّ البيت، بذريعة الوقوف إلى جانب صديقة في محنة. ولكن بدلًا من مؤازرتها، رحن يتحدثن فيما بينهن حول أحداث السهرة، غير معنيّات بضيق فاطمة وحزنها. ولكنّ إكرام الضيف واجب، لذلك استقبلت صاحبة البيت ضيفاتها دون احتجاج، مبتلعة دموعها وحقد صامت على هؤلاء المتطفّلات يعتمل في صدرها. كان الجو نفاقيًّا وسرياليًّا، كعكٌ وقصصٌ ولتّ وعجن، وتوجّب، فوقها، على بنات عامري خدمة الضيفات.

ـ لماذا لم تطرديهن؟

ـ عيب يا ابنتي، ليكن في علمك أن المسلمة الصالحة تحسن استقبال الناس في جميع الظروف.

ـ وأين ورد في القرآن أنه ينبغي عليك استقبال أناس عقب اعتقال ابنك؟

ـ في الجزائر، ستكنّ مدعاة للسخرية، أنتن لا تعرفن شيئًا، بنات هذه الأيام...

واجبات المؤمنة واحترام الأعراف يعلو على كل شيء لدى فاطمة. وأي نقاش في هذا مجرّد عبث. كانت تُعدّد عادات المجتمع الجزائري الراقي عندما دقّ الباب. «ثرثارة أخرى!» قالت خديجة بتأفّف لحبيبة التي كانت تعدّ فنجان قهوة إضافيًّا. فتحت على مضض، وكم كانت مفاجأتها عندما رأت خمسة عناصر من الشرطة أمامها. تقدّم أحدهم وألقى بلهجة مفخّمة متكلّفة:

ـ بأمر من قاضي التحقيق، وضمن نطاق إنابة قضائيّة، أتينا لتفتيش منزل «لونيس عامري»، فتفضلي بالسماح لنا بالدخول.

قبضت الشرطة على «لونيس عامري»! تضخمت الشائعة وبلغت ثانوية «جورج براسنس»، فقسمت الأساتذة والطلّاب إلى معسكرين. رأى بعضهم أنه ينبغي ترك العدالة تعمل بهدوء: فـ«لونيس» تلميذ طائش لا يستحقّ استنفارًا خاصًّا. أما الآخرون فقالوا إن هذا الاتّهام أمر يصعب تصديقه. أجل، هو فتى مشاكس صعب المراس ولكنه غير قادر على الإيذاء، وهذا يتنافى مع صورة الإرهابيّ.

عقد اجتماعُ جمعية عامة في الساعة الثالثة بعد الظهر في قاعة الطعام في المدرسة. وذكر كلّ واحد الحجج المؤيدة لوجهة نظره. كان هناك اتّجاهان، فقد أراد غالبية الطلاب الدعوة إلى إضراب، أما الأساتذة فانقسموا، دعت «كاترين ليبيناس» إلى اجتماع غير رسمي بين المدرّسين.

ـ لست في صدد أن أذكر لكم حسبه ونسبه، ولكنكم تعلمون أني وزوجي أقدم الأساتذة في هذه الثانوية، كل أولاد عامري تتلمذوا على يدي. أنا أعرف العائلة معرفة جيدة، والاتّهام يبدو لي غريبًا وشاذًّا...

ـ نعم، ولكن التلفزيون ذكر أن واحدًا من الأبناء في السجن الآن...

تدخّلت «إيزابيل لافوريه» قائلة بصوتها المتكلّف اللطف:

ـ ليست هذه هي المشكلة.

قاطعتها «كاترين» بجفاء، مغتاظة:

ـ نحن نتكلم عن «لونيس»، لا أعلم إن كان رقمه القياسي في المائة متر قد أخبرك الكثير عنه، ولكن أنا، مدرّسة الفرنسية، أعرف أن الفتى أذكى مما تدلّ عليه علاماته. ولكن ليس هذا بيت القصيد. لدينا فرصة فريدة لكي نقترب من طلابنا، فلنتمسّك بها! نحن نشكو ليل نهار فتور حماسهم وضعف همّتهم، وعندما يتصرّفون نتخلى عنهم ونرغب عن التضامن معهم؟ فكّروا في الهدوء والطمأنينة اللذين سيشيعان غدًا في صفوفكم بتضامنكم اليوم معهم.

وفي فعل غير معهود منها، عزّزت كلامها بالحركة، ضاربة بقبضة يدها على الطاولة لكي تحصل على التأييد. وقد تم الاتّفاق على عقد اجتماع جديد، وعلى طرح لجنة المساندة والإضراب العامّ على التصويت. وستكلّف «كاترين» بتنسيق أعمال البادرة.

تردّدت في وضع نفسها في المقدّمة، ولكن شعور الذنب تجاه «لونيس»، وتهنئة «جيرار» أقنعاها بالقبول.

تصدر «ميشيل ميلّينير» مكتبه الذي تسوده الفوضى في زاوية من قسم التحرير في مجلّة «ليكسبريس». كان يعمل بصورة مستقلّة، ولئن تفاوت زملاؤه في تقديرهم لفرديته، إلا أنهم اتفقوا على اعتباره صحفيًّا كبيرًا في مجال التحقيقات. كان موضوعه الأخير، «الضاحية، إلدورادو الجديدة»، قد ظهر على غلاف المجلّة الأسبوعية عندما اشتعلت الأحياء، أي خزي!

خلافًا للمراسلين الصحفيين المتابعين لقضايا الساعة، رجع «ميشيل» إلى الخلف بدلًا من الاندفاع في المسألة دون تبصّر وعدّ النقاط. بحاجبيه الكثّين، وشعره الفوضوي، ومشيته الرشيقة، كان «ميشيل» يبدو أصغر من

سنيِّه الإحدى والأربعين بعشرة أعوام. أخذ يلعب بقلمه وهو يستجمع أفكاره، مترقّبًا فرصة للثأر.

كل شيء، بالنسبة لـ«ميشيل»، يخضع للزاوية. فعندما تكون جميع كاميرات التصوير مصوّبة إلى الاتّجاه نفسه، فإنها تزيح الهدف بضع درجات. كان تدفّق الصور، المتماثلة، في قضيّة عامري يشغل باله، فما نفع مائة كاميرا للحصول على لقطة واحدة؟ ما هي القيمة المضافة؟ في هذا الملفّ، مصدر وحيد، هو مصدر السلطات، مع أن التماثل، والنسق الواحد، وغياب روح النقد أشياء تناقض مفهوم الصِّحافة.

اتّصل «ميشيل» بزوجته «كارولين» طالبًا منها عدم انتظاره هذا المساء، فلديه تحقيق مهمّ، تفهّمت «كارولين» الوضع، فلطالما استطاع زوجها المغامر الذي يتحدى المصاعب أن ينتزع إعجابها.

عربة شرطة، مرافقة ملوكيّة، وقيود في المعصمين، هكذا نُقل «لونيس» إلى قصر العدل. سحق المبنى الضخم الفتى المذعورَ بوطأة هيبته. شعر بنفسه ممزقًا، فجزء من جسمه يتمرّد والآخر يستسلم. كان في وقفته أمام قاضي التحقيق «إريك جلينون»، سلبيًّا وغير متماسك.

وضع القاضي، المعروف بتدقيقه وعنايته بالتفاصيل، ملفّ قضية عامري فوق كومة من مائة واثني عشر ملفًّا، يستحثّه ضغط التغطية الإعلامية التي صاحبت تلك القضية. عشر دقائق كانت كافية للفصل في الحكم: ولكن شهادات المشاركين، والدلائل المادية على تجارة المخدرات، والإشارة إلى كميّة من الأسلحة المخزونة، والتفرعات المفترضة المرتبطة بشبكة إسلامية، لم يكن لها في قراره من الأهمية ما كان لسمعة «لوترانشان» العطرة التي لا تشوبها شائبة.

لم يبدر عن «لونيس» أي احتجاج عندما نطق «إيريك جلينون»، بلهجة مفخّمة وعظيّة، اتهامه بالانتماء إلى عصبة مجرمين بقصد التحضير لأعمال إرهابية. مرّر يده على ذقنه، ملقيًا عبر النافذة نظرة كابية.

ـ هل أنت مدرك للوضع؟ قال القاضي لـ«لونيس» زاجرًا بنبرة جافّة وهو يرى تبلّد حسّه وعدم اكتراثه.

ولكن شرطيين قاما بجرّه خارج المكتب قبل أن يتمكّن من الإجابة.

لا، «لونيس» لا يدرك شيئًا، ولكن على غرار «ليبيناس»، و«فيرمولان»، و«لوترانشان» وزميله في الزنزانة، فإنّ أحدًا لن يصغي إليه.

ذهب «كريستوف» ويزيد إلى نادي كمال الأجسام، مفعمين بالرغبة في المشاكسة والشجار، حيث فرّغا آلام تبكيت الضمير، رافعين أوزانًا ثقيلة كما لم يفعلا يومًا.

ـ لقد وصل! هيا بنا بسرعة، لنعترض سبيله!

لمح يزيد طارقًا، فترك التمرين جارًّا «كريستوف» معه.

كان طارق عائدًا إلى البيت متعبًا. نادى عليه يزيد عندما حاذى محل «سندويتش الكباب» دون أن يستثير أي ردّ فعل لديه. فمن النادر أن يوجّه أحد خطابًا إلى هذا المنعزل وهو يسير في الشارع. جذبه يزيد من كتفه.

ـ ألا تلتفت أبدًا عندما ينادي عليك أحد ما؟

ـ عفوًا، هل هناك معرفة بيننا؟

خطا طارق إلى الوراء بعدوانية، كان قد قابل من قبل هذين المهووسين، ولكنه لا يتذكّر البتة أنه تبادل الكلام معهما. فهما ليسا من النوع الذي تطيب له صحبتهما.

ـ أنا يزيد، صديق «لونيس»، وهذا «كريستوف»...

ـ نعم، أؤمر؟ نبرة طارق الجافّة، الشديدة الارتياب بالناس، أربكت يزيد فتردد في متابعة كلامه.

ـ حسنًا، لا بدّ أنك، ككلّ الناس، على علم بأن «لونيس» في القِسم، لقد كنّا مع...

ـ «لونيس» في القِسم... قِسم الشرطة؟! قال طارق بذهول وقد تشنّج وجهه.

ـ ألم تكن تعرف؟ لقد عرضوا صورته في التلفزيون.

ـ ماذا فعلتما أنتما وهو؟ لماذا هو هناك؟ كيف علمتما بالأمر؟

تحوّلت المفاجأة عند طارق إلى شكّ، فوقف يحدّق في حاملَي الأخبار السيئة.

ـ أفّ.. حسنًا، إنه رشيد عدناوي، هو الذي شهد ضدّ «لونيس»...

ـ رشيد عدناوي! رشيد عدناوي وليس غيره؟ ما هذه الحكاية؟

صاح طارق بصوت أجشّ وقد اختلط عدم الفهم لديه بعدم التصديق.

ـ اسمع، لقد كنا، أنا و«كريستوف»، هناك، «لونيس» بريء، إنه فقط سيئ الحظّ...

روى يزيد متلعثمًا قصة كان فيها هو وصديقه شاهدين على اعتقال «لونيس» الذي أخطأ بمروره من ذاك المكان. خامر طارقًا الشكّ في هذه القصة ـ فعند رشيد عدناوي لا يتواجد أحد بمحض المصادفة ـ ولكنه كان مستعجلًا فأسرع إلى البيت، وهناك شعر بالذعر. في أية ورطة أقحم «لونيس» نفسه؟

ـ أفسحوا لنا الطريق من فضلكم، سنقوم بتفتيش الشقة.

خمسة عناصر دخلوا شقة آل عامري، وتوزّعوا في المطبخ والصالة والغرف الثلاث. وبدون أية مراعاة، أفرغ المحقّقون الأدراج، أخرجوا محتويات الخزائن، قلبوا فرشات الأسرّة أمام فاطمة التي وقفت تتفرّج والدموع تنهمر من عينيها.

تلكأت النسوة اللواتي كنّ قد دعون أنفسهنّ إلى بيتها في المغادرة، متوقّفات في الممرّ لمشاهدة العرض من الصف الأمامي.

أحنقت فظاظة الشرطة خالدًا الذي رفع صوته احتجاجًا وقد احمرّت عيناه غضبًا.

ـ إذا استمررت في هذا فسوف تُسجن بتهمة إهانة رجال الدّرك.

كان كامل يحاول تهدئة خالد محذّرًا من أن يد رجل الأمن جاهزة دومًا لتسديد لكمة، عندما قام واحد من المفتّشين بنزع درزات لعبة أحمد الصغير الأثيرة، المصنوعة من القطيفة، والتي لا تفارقه حتى في نومه. جُنّ جنون خالد وهمّ برفع ذراعه لولا أن أمسكه كامل.

ـ اخرج قليلًا وقم بجولة صغيرة، لا داعي لأن يذهب الابن الثالث إلى السجن، سيقضي هذا على ماما، لن تستطيع احتمال الأمر.

رافق كامل شقيقه إلى صحن الدرج قبل أن يرتكب ما يتعذّر إصلاحه.

انتشر الخبر في الحيّ، رجال الشرطة في بيت عامري، لنهاجمهم، احتشد الجمع زمرًا زمرًا أمام المبنى، متربّصًا بالعدو. كمن شخصان على السطح، وبأيديهما كل ما هو قابل للقذف. المصيدة جاهزة.

ـ لا شيء هنا، لم نعثر على شيء، لا بدّ أن لدى عامري مخبأ آخر.

لعنت فاطمة هؤلاء الذين عاثوا في بيتها وبعثروا أغراضه. أما خديجة فقد صاحت بهم والدم يغلي في عروقها:

ـ ألا تخجلون من إزعاج ناسٍ أبرياء، بينما يسرح الزعران الحقيقيون ويمرحون؟

دون أن يتلفّظوا بأيّ عبارة اعتذار، دون أن يعيدوا أي قطعة أثاث إلى مكانها، دون أن يستأذنوا حتى، أدار الشرطة ظهورهم تاركين المنزل مقلوبًا رأسًا على عقب.

في الخارج، تجمّع حوالي مائة شخص من مثيري فتنة البارحة ناصبين فخًّا لممثلي النظام. كانوا قد بدأوا يشتمون، ويهزُّون قبضاتهم بحركات متوعّدة، ويتشاحنون مع الشرطة، عندما تباعد الحشد فجأة. سقط من السطح حجر أسمنتي على كتف شرطي فتهاوى على الأرض. تعالى الصياح والتهليل، مرحى! مرحى! انقضّ الجمع المهتاج على رجال الشرطة الذين تشبثوا بأجهزتهم اللاسلكية، محاولين طلب العون والإمداد، قبل أن يفلحوا في القيام بانسحاب إستراتيجي إلى بهو المبنى حيث حمل الأربعة السُّلَماء زميلهم الجريح، موصدين، بتهوّر، الباب الزجاجي. شيء يثير السخرية، فهذا الحصن المنيع لم يلبث أن تهشّم برمية حجر. وإذا بخمسة رجال في مواجهة مائةٍ قد أفلتوا من عقالهم، كان الوضع ميئوسًا منه عندما تصاعدت من بئر الدرج صيحة.

ـ كفى، توقّفوا، إنكم تلحقون الأذى بأخي!

صاح طارق، متغلّبًا على تحفّظه الطبيعي، حتى بحّ صوته، واعترت عضلات وجهه خلجات قسرية. من الطابق الخامس، كان يراقب الشغب، وهو مقتنع بأن العقاب خارج القانون يضر بـ«لونيس»، على عكس أخويه، التوّاقين للانتقام، فأسرع نازلًا.

ـ سيربكون، تراجع وإلا نلت نصيبك من الضرب.

لو نزل خالد، لردعت ربما ضخامته وقوة بنيته المهاجمين، ولكن مظهر طارق، القصير، الهزيل، القليل الشعبية، لم يكن يوحي بالاحترام. ولكنه أصرّ مع ذلك على النزول.

ـ أخي في السجن، إذا كنتم تريدون أن يبقى هناك، فاضربوا هؤلاء الشباب، ولكن تبًّا، ما جدوى ذلك؟

صرخة في واد لم تلقَ أذنًا واحدة صاغية. أصبح الهيجان سعارًا، ما أهمية «لونيس»؟ إن هؤلاء الحانقين يسعون إلى المواجهة، يريدون إشفاء غليلهم. اتّخذ رجال الشرطة وضع الجنين، الوضع الأمثل لتلقي الضربات، وانتظروا، ولكن شيئًا لم يحدث.

انفصل «كريستوف» ويزيد مشكّلين حاجزًا.

ـ أصغوا إلى ما يقوله لكم، ستنتقمون منهم فيما بعد.

وإلى جانبهما وقف خالد وكامل اللذان نزلا مسرعين لمؤازرة شقيقهما. رجحت الكفّة، لن يلطّخ عراك مع رجال الأمن ملفّ عامري. سُمعت صفّارات سيارات الشرطة عن بعد، فتفرّق الجمع، لقد كسب طارق.

بعد ظهوره في نشرة أخبار الساعة الواحدة في محطة «تيه إف ١»، طالبت صحيفة «لو باريزيان»، و«لو فيجارو»، و«فان مينوت»، و«ليبيراسيون»، بإجراء مقابلة مع المحقّق «لوترانشان». كان مدعوًّا إلى برنامج «سيه دان لير[١]» بعد ساعة، فعرّج على قِسم الشرطة.

التمس «جورج هيرو» بإلحاح مقابلة رئيسه.

ـ لا مانع لديَّ، ولكن بسرعة، ينبغي أن أحضّر نفسي للبرنامج التلفزيوني، بث مباشر مع «كالفي»، مباراة ملاكمة حقيقية!

هزّ «جورج» رأسه، وبسط على مكتب «لوترانشان» ثلاثة ملفات ثم بدأ يتكلّم بصراحة وجرأة:

ـ إليك ما أعرفه عن ملفّ عامري، ستة شهور وأنا أتابع القضيّة، أنا ليس لديَّ موهبتك ولا فطنتك وبصيرتك...

ـ باختصار، باختصار، قاطعه «لوترانشان» الذي كان يداعب شاربه.

ـ سيدي، أنا لست أدري ما الأدلة التي قادتك إلى وضع عامري على

---

(١) «C dans l'air» ويعني «في الأجواء» برنامج فرنسي شهير يعالج من خلال النقاش مواضيع تتعلق بأحداث الساعة السياسية والاقتصادية والاجتماعية... إلخ (المترجم).

رأس منظّمة إرهابية، إذا كان لديك مزيد من المستندات التي يمكن أن تزوّدني بها فسأكون ممتنًّا إذا حوّلتها إليّ.

ـ لديك الاعترافات المفصّلة للشبّان الثلاثة الضالعين في القضية، أليس كذلك؟

رفع «لوترانشان» ذراعيه وعينيه إلى السماء دلالة على عدم فهمه.

ـ لقد قرأت محاضر الاستجوابات... الضالعون... ماذا أقول... قد وُجّهوا للإدلاء بإجاباتهم...

كان «جورج» يجتهد في البحث عن كلمات دبلوماسية.

ـ ما هذه الاختلاقات يا «هيرو»؟ هل يدور بخلدك أن أقوم أنا، «هنري لوترانشان»، بالتآمر على عامري؟

اقترب «لوترانشان» بجذعه من «جورج»، ونظرته تقدح شررًا.

ـ لا، أنا لم أقُل هذا، ولكن هلّا تفضّلت بمساعدتي على الفهم؟

نطق «جورج» كلامه بسرعة، شاعرًا بالقلق.

ـ ليس لديَّ الوقت لكي أعلّمك شغلك، عندي برنامج تلفزيوني بعد ساعة وأنت تضجرني بأسئلة غبية. القضية بين يدَيْ قاضي التحقيق الذي بلّغ اتّهامه لعامري. اعمل على ملفّات يمكن أن ترفع مستوى كفاءتك بدلًا من أن تماحك وتشغل نفسك بأمور تافهة. هيا احمل أوراقك السخيفة واخرج من هذا المكتب!

رنّ صوت «لوترانشان» الغاضب في جميع أرجاء الدائرة. حنى «جورج» رأسه للعاصفة [illegible] بصمت. لم يكن المحقق الذي يتحلّى عادة بالكثير من

الرزانة والاتّزان، يحبّ الفضائح. أصلح، وقد تملّكه الاضطراب، وضع رابطة عنقه المقلّمة، ثم مشّط شعره المدهون الملمّع، قبل أن ينطلق إلى استوديو «إيف كالفي».

اجتازت العربة التي تنقل «لونيس» شوارع باريس ناهبةً الأرض نهبًا حتى وصلت إلى شارع «سانتيه». صفارات سيارة الشرطة، أزيز العجلات، الإخراج الخليق بإنتاج سينمائي، كلّ ذلك قِيس بدقّة من أجل العرض في التلفزيون. لقد حاز الزعيم الإرهابي المفترض على رتبةِ عدوٍّ عام رقم واحد.

أمام المبنى رقم ٤٢، أحاط الشرطيان بـ«لونيس» قاطعين ثرثرتهما حول نبيذ «بوجوليه» الأخير لكي يقفلا الأصفاد خلف ظهر المتّهم المستكين. تشنّجت الوجوه، تصاعد التوتّر، بدأ العمل، تصوير! ستُنسخ الثواني العشر المقبلة في جميع وسائل الإعلام: تنفّس، المصرعان يفتحان، غطاء على رأس «لونيس» الذي لم يبدر عنه أي احتجاج، والذي اجتاز الأمتار القليلة حتى البوابة الحديدية بخطوات راكضة. وفي منتصف المسافة توقّف التصوير، تمّ كلّ شيء كما هو مرسوم تمامًا.

عاد الهيجان إلى الداخل عندما أغلق الباب الفولاذي لسجن «لاسانتيه». تسلّم الحرّاس البليدون المناوبة عن زملائهم. هيا، قليلًا من الراحة بعد هذا الازدحام والضجيج. ترى هل يضعونه في قسم ذي احتياطات أمنية عالية أم في زنزانة عادية؟ قرّر مدير السجن أن الطويل النحيل لا يبدو عليه مظهر السجين الهارب، سيكون عامري من سجناء الحقّ العام.

التحق «لونيس» بزنزانته بعد أن جُرّد من متعلقاته الشخصية. كان أمين قد سبقه إلى شغل تلك الزنزانة، وهو شاب ذو وجه ريّان لحيم، يرتدي بذلة رياضية رمادية بالية.

ـ أنت سبب كلّ تلك الجلبة والضوضاء؟ ليس لك مظهر زعيم، أعرّفك بنفسي، اسمي أمين، قبض عليَّ في قضية مخدرات.

ـ أنا...

ـ «لونيس عامري»، أعرف، والجميع يعرفون. أجابه أمين وهو يشير إلى التلفزيون تأكيدًا لكلامه. هل هي المرة الأولى لك في الحبس؟

ـ نعم.

شرح له أمين القواعد المتّبعة، الساعة السابعة: استيقاظ، تفقّد، تناول الإفطار. في الثامنة والنصف: استحمام، نزهة، ذهاب إلى قاعة الزيارة، عمل، مدرسة أو دورة تدريبية. الحادية عشرة والنصف: عودة إلى الزنزانات، تفقّد، غداء. الواحدة والنصف: برنامج الثامنة والنصف صباحًا ذاته، ثم عودة إلى هنا في الخامسة والنصف للأكل والنوم.

ـ ثمة بعض الإيضاحات، يوجد هنا ثلاث مرشّات للاستحمام، والذهاب إلى قاعة الزيارة مرتين في الأسبوع. إذا لم يكن لديك نقود، سيكون عليك أن تشتري ما تحتاجه من مطعم السجن، أي أن تعمل بلا مقابل. لا تنتظر زيارة قبل مضي أسبوع، فهم يطلبون من الزوّار مئات الأوراق...

ابتسم «لونيس». ما يتطلّب من الآخرين أسبوعًا، سينجزه طارق في يومين.

ـ لا تضحك، أنا جادّ. سترى أن الأيام هنا تتشابه إلى درجة يصعب تخيلها، رجال أشدّ منك صلابة يبكون كالفتيات. حتى لو تأخّرت في ذلك، وهو ما يبدو لي أنه حالتك بالنظر إلى ما جاء في سيرة حياتك، فإنك لن تتكيف مع السجن أبدًا.

تفحّص «لونيس» الزنزانة ذات الأمتار التسعة المربعة، إنها تشبه غرفته،

ناقصة رائحة قدمي أحمد! وفيها أيضًا «كانال بلوس»! تجهّم وجهه، هل كان يعيش طوال عمره في سجن؟

عشر مركبات من قوات مكافحة الشغب، وخمس سيّارات شرطة لاستعادة الزملاء الخمسة المحصورين في حي «بيراميد»، مائة وعشرون شخصًا هرعوا إلى موقع الحادث! أُنجزت المهمّة، وبقي الرجال في المكان، في تحدّ للسكّان. لقد دقّت ساعة الانتقام بالنسبة للشرطة.

توجّهوا نحو عشرة مراهقين يتناقشون أسفل أحد المباني. أجروا تدقيقًا في الهويّات، الساقان متباعدتان، اليدان مسنودتان إلى الحائط، تفتيش قسريّ. ألا تحمل أوراقًا ثبوتية؟ إلى القِسم، حالًا! أدّى الاستفزاز وظيفته، واستحوذ الهياج على المستدعَيْن، والأصدقاء، ثم سكان الحيّ الذين تدفّقوا، ستكون مجابهة شرسة لا هوادة فيها.

بدأت القصّة، ألقيت حجارة، وزجاجات من خليط «مولوتوف»، ولكن مكافحة الشغب كانت قد أعدت للأمر عدّته. تقدّمت مجموعات من قوّات الأمن وهم يضربون بهراواتهم على دروعهم. كان أحد مثيري الشغب على مقربة منهم فابتلعته مغارة الكتيبة، ولاكته بضربات الهراوة ثم هضمته في شاحنة للشرطة.

انقلبت معركة «إيفري» الثانية بالنسبة لمثيري الفتنة إلى كارثة. فتحوّلوا إلى أهداف في متناول أيديهم محطّمين السيّارات المتوقّفة، ولوحات المرور، وصناديق القمامة. وصل الصحفيون الذين سيتكلّمون عن اليوم الثاني من التمرّد العبثي لحيّ كان ضحية دوافع تدمير ذاتيّ. خذ حادثًا، صوّره، وسيغدو خبرًا في صفحة الحوادث المتفرّقة.

كلّ ورقة في مكتب «فرانسيس فيرمولان» مصنّفة داخل ملفّها الملوّن الموضوع في درجه. هوس العناية والترتيب لدى مدير ثانوية «جورج براسنس» يعكس تصلّب الرجل المعادي لأي خلل في النظام. استقبل «كاترين ليبيناس» بوجه متصنّع.

ـ أنت يا «كاترين»، أقدم مدرّساتنا، تقفين في صفّهم؟ لماذا تطعنيني في ظهري؟

ـ إنها ليست مشكلة شخصية، لقد عطّلنا الدروس لأن هناك تلميذًا في السجن.

ـ وما الذي ستفعله مظاهرتك السخيفة باستثناء عرقلة الدروس؟ وماذا عن التحضير لامتحان البكالوريا؟

ـ ينبغي أن نُسرّ لأن طلّابنا ينظرون إلى أبعد من مصالحهم الشخصية.

ـ وأنت يا «كاترين»، إلامَ ترمين؟ ألست تحاولين التكفير عن طردك لعامري؟

ـ أنا؟ أنت الذي طردت «لونيس»! إن نظامك الغبي هو سبب هذه البلبلة!

بُحّ صوت «كاترين» كعادتها عندما تستشيط غضبًا

١٠٥

ـ وفّري اصطناع الذعر للآخرين. أنت لا تخيفينني. إذا بلغني أنك تحرّضين على تمرّد ضدّ سلطتي، سأخطر من يرغب فعلًا في معرفة الدور الذي تلعبينه.

اعترضت «كاترين» على ما قاله وقد شعرت بالإهانة، وقفت ثم غادرت الغرفة بغطرسة. كان بقية أعضاء اللجنة ينتظرون منها ملخّصًا لما دار بينها وبين المدير.

ـ أخبرينا، ماذا قال؟

ـ لا شيء خاصًّا، لقد أخذ علمًا بتحرّكنا.

أجابت كاذبة، كاتمة عنهم مسئوليتها في فصل «لونيس» من المدرسة.

نجح «جورج هيرو» بلا عناء في مسابقة الشرطة. كان في الرابعة والعشرين من العمر، شابًّا يتدفّق حيوية وتصميمًا. وعلى عكس غالبية زملائه، كان هو من اختار مهنته. إن موت والدته مقتولة عندما كان في عامه السادس عشر، قد عجّل في قرار ذلك الذي كان يريد أن يصبح طبيبًا.

قامته المربوعة، وشكله العادي، كانا يؤهّلانه للعمل كاختصاصيّ في التخفّي وتتبّع أثر المشبوهين ومراقبتهم، بينما كان توقّد ذهنه وسرعة خاطره يهيئانه لتقلّد أعلى المناصب. وقد أراد «جورج» أن يتعلّم مهنته أولًا بأوّل، لم يكن يحبّ حرق المراحل، وأتيحت له، مع «لوترانشان»، أفضل مدرسة للتدرّب. فقد كان الأخير محترفًا نابهًا يشار إليه بالبنان؛ كان مرجعًا، تشكّل تحقيقاته التي تنتهي وتقفل في وقت قياسي نماذج تُحتذى بالنسبة لمدارس الشرطة. كان المحقق، وما زال في ريعان الشباب، يعرف جميع أسرار المهنة. إن مستقبلًا سياسيًّا باهرًا يفتح له ذراعيه.

ولكن قضية عامري قوّضت الطود «لوترانشان» في نظره. فلمَ كلّ هذه الشراسة في الهجوم على المراهق؟ وما سبب هذا الاستعجال والاندفاع في اتهامه بجميع خطايا العالم؟

كانت الأسئلة تتزاحم في رأس «جورج» عندما اتصل هاتفيًّا، مترددًا، بـ«ميشيل ميلّينير» وهو صحفي ومعرفة قديمة. حين يخرج قطار الشرطة عن السكّة، فإن تسريب الملفات المريبة يمثل آخر الإجراءات الوقائية.

جمع «ميشيل ميلّينير» جميع أشرطة الفيديو الخاصة بحريق حافلة «جان - مارك لوموان»، مستخدمًا علاقاته العديدة. ماذا ستفعل بكلّ هذه الأشرطة؟ سأله زملاؤه ضاحكين من «بوليميا» الأفلام التي انتابته. لم يكن لديه خطّة محدّدة، لا شيء سوى حدس، شعور داخلي بأن تلك الصور ستمدّه بزاوية أخرى للرؤية.

في بداية عرض الفيلم، لم تأتِ مقاطع التحقيقات الصحفية، وهي صورة طبق الأصل بعضها عن بعض، بأي جديد. نحو خمسين مصدرًا لتصوير اللقطة نفسها، يا لها من خيبة أمل! تركها «ميشيل» متّجهًا إلى النسخ الأوليّة للأفلام، لا شيء يشكّل إثباتًا من أي نوع، فقد ركَّز مصورو أفلام الفيديو الهواة على الحريق. إن حاسّة الصحفي السادسة قد خدعته. أوقف العرض على مشهد محيّر. ماذا يحدث في خلفية الصورة؟ هناك رجل يسحب السائق، لا يبدو أنه من رجال المطافئ. أعاد «ميشيل» الفيلم منذ البداية، وفي رأسه زاوية رؤية هذه المرة. شيئًا فشيئًا راح سياق عملية الإنقاذ يأخذ شكلًا. شخص ما قد جرّ السائق بعيدًا عن ألسنة اللهب، ولكن وجهه لا يبين بوضوح.

اتصل «ميشيل» بالمطافئ فأكدوا له وجود شخص ثالث. استبدّ به

الحماس فراح يخربش بجنون على مفكّرته: الذهاب إلى المكان، رسم صورة مشابهة للرجل قدر الإمكان، العثور على البطل الشديد التكتم. ولكنه لم يلبث أن قوطع، إذ جاءه اتّصال هاتفي، أمر مستعجل.

ـ لن أجيب، هذا الأمر سينتظر. هكذا قرّر «ميشيل» الذي كان قد ارتدى سترته.

ـ إنه شرطي، بخصوص قضية عامري...

كانت «فيرجين»، وهي صحفية سابقة، تعرف جيدًا فريق عملها، سيثير هذا الخبر اهتمام «ميشيل».

ـ حسنًا، سآخذ المكالمة.

طرف الخيط الذي اكتشفه في بكرات الأفلام لن يضيع منه خلال دقيقتين. رفع «ميشيل» السماعة. على الجانب الآخر كان «جورج هيرو»، المصدر البوليسي الموثوق، الذي وعده بالكشف عن تطورات مثيرة في قضية عامري، رافضًا التفصيل أكثر على الهاتف. أعطاه موعدًا في «إيفري»، بعد ساعة. ممتاز، فثكنة المدينة الجديدة كانت محطته المقبلة. التطوّر المفاجئ، ارتفاع الأدرينالين، البحث عن الحقيقة، هذه هي الأسباب التي تجعل «ميشيل» يحب مهنته.

شعور اللامبالاة، أعقبه وجوم. تحسّر «لونيس» على الشقة الصغيرة في «بيراميد»! لم يكن قد مرّ عليه أكثر من ساعة في «لاسانتيه» حين أحس بالرغبة في البكاء. كان أمين محقًّا، هنا، الرتابة مرفوعة إلى «أس عشرة». كلّ شيء في هذا الكوخ القذر بثمن، حتى الطعام كريه الطعم، عليك إذن أن تعمل من أجل لا شيء. ولأن «لونيس» لا يملك نقودًا فقد عمل نجارًا، وائدًا جميع آماله في الارتقاء الاجتماعي، هو الذي لم يضطر إلى إعادة أية سنة دراسيّة على الرغم من كسله الأسطوري. كان اجتهاده خلال الفصل الأخير يكفيه دومًا للنجاح في صفّه. ولطالما انتقد مدرّسوه سلوكه هذا انتقادًا قاسيًا، لائمين إياه على تبديد إمكاناته. كانت النسخ المصورة من الدروس التي يستعيرها من زملائه ستتيح له المراجعة في اللحظة الأخيرة قبل التقدّم لامتحان الثانويّة العامّة. لم يكن سحج وصقل قطع الخشب ضمن البرنامج الذي هو عبارة عن نوم، تنزّه، أكل في ساعات محددة، لا غير. كحياة الضاحية على أسوأ! الحرّاس يتسكّعون، ببلادة، بين المساجين. يغمضون أعينهم عن المشاجرات وبيع المخدرات. أن يتقاضى المرء أجرًا على البقاء محبوسًا ثماني ساعات في اليوم في سجن لا يتمتّع بالشروط الصحية ليس عملًا مرغوبًا يختاره بملء إرادته، طالما أنك لا تزعجهم فإنهم لا يقتربون منك. في وقت النزهة، عرض مغربي طويل القامة قطعة حشيش صغيرة على

«لونيس»، على بعد مترين من حارس متساهل. يسود النظام في «لاسانتيه» لقاء ترتيبات صغيرة مع القانون.

أخذ «لونيس» يصقل لوحًا خشبيًّا بالمسحج تحت رقابة «كريستيان»، رئيس العمال النموذجي، المحكوم عليه بعشرين سنة سجن بتهمة الهجوم بقوة السلاح. سيملأ العمل المنجز على عجل ودون إتقان، رفوفَ مخزن رخيص الأسعار لبيع «الأنتيكا». في نهاية فترة بعد الظهر، جرى تفقّد جديد، أجاب السجين ١٥٧٤٦٩ بأنه موجود، لقد غدا «لونيس» رقمًا. كان الأكل في الزنزانة، يفوح برائحة مريبة، كطعام الظهيرة، أما وجبة الإفطار فكانت من مخلّفات طعام سابق، تغثى له النفس. أجبر «لونيس» نفسه على ابتلاع ما قُدِّم إليه ولكنه لم يلبث أن تقيّأه.

ـ ستتكيّف معه، طمأنه أمين.

ليس من الوارد أن يرتضي الأمر، سيكون هذا قبولًا بوضع السجين، وضع من هو أدنى من مرتبة البشر. في الضاحية وهنا، لماذا يكون أقلّ قيمة من إنسان آخر؟

دوار، غثيان، تقيّؤ، النوبة التي أصابت «لونيس» جعلته ينحني نصفين أمام نظرة أمين الساخرة. قال له جيرانه متهكّمين: «هل الصغيرة في الدورة الشهرية؟» ومهدّدين: «سنفضّ بكارتك في الحمام». حتى «نوفاك»، الحارس، تأفّف من عامري، واتّهمه بالإزعاج وتعكير الجو. ضُعف «لونيس» جعله عرضة للسخرية والمضايقة والأذى. نفد معين صبره، لم يعد يستطيع الاحتمال، فبكى وهو يصرخ:

ـ سأقتل نفسي، سأقتل نفسي!

حاول أمين التخفيف عنه، مدّ له يده بسيجارة حشيش. أخذها «لونيس»

ويداه ترتجفان، ثم وضع شفتيه على العقَّار المخلّص. هدأ تنفّسه وانتظم، وتضاءل توتره النفسيّ. اقترب أمين، فأعاد إليه «لونيس» سيجارته، ولكن الآخر استمرّ في الاقتراب. تراجع «لونيس» إلى الوراء وهو يبتسم ببلاهة.

ـ ألا ترغب في ذلك؟

ما من جواب. غدا أمين مقلقًا، مرّر يديه على شعر «لونيس» الأجعد.

ـ رائحتك جميلة.

ما هذا الهذيان؟ تحرّر منه «لونيس» بحركة خاطفة.

ـ لقد عاملتك بودّ، فعاملني بالمثل.

ـ ما الذي تقصده؟ أنت تمزح، أكيد!

لا، لم يكن أمين يمزح.

ـ هناك فيلم إباحي على «كانال بلوس»، ليس عليك إلّا أن تكون كما في التلفزيون.

كاد «لونيس» يختنق وهو يستنشق الدخان.

ـ أنت بالتأكيد مجنون!

ـ لا تُثِر غضبي، لا مصلحة لك في ذلك، ليس فيك شيء من إرهابي خطر، بل أنت نوع من غزالة صغيرة جفلة.

أصابت «لونيس» نوبة سعال، قبل أن يصيح بذعر:

ـ أنت مريض! النجدة! النجدة!

ـ لن يحرّك الحرّاس ساكنًا، فلا تبحّ حنجرتك!

ـ النجدة، اللعنة!

سُمع وَقْع أقدام، وظهر رأس «نوفاك» الضخم خلف زلّاقة الباب.

ـ أنت... أغلق فمك قليلًا! لم تكد تصل حتى بدأت بإزعاجنا!

ـ يريد أن يعتدي عليّ، هذا المعتوه، ساعدني! قال «لونيس» لاهثًا، منقطع الأنفاس.

ـ هذا لا يعنيني! كان عليك ألا تتذاكى عندما كنت في الخارج.

التفت الحارس نحو أمين متسائلًا:

ـ هل من مشكلة؟

ـ لا يا سيدي، لست أدري ما به.

تظاهر أمين بالبراءة بطريقة تمثيليّة.

ـ إذن، اخرس يا إرهابي.

اختفى «نوفاك»، وظل «لونيس» وحيدًا مع المهووس.

ـ ستعتاد، على هذا أيضًا.

استعاد أمين سيماء المتوعّد، فالتصق «لونيس» بالجدار مذعورًا.

ـ لن تستطيع الابتعاد كثيرًا هنا، ثلاثة أمتار في ثلاثة، مكان ضيّق.

فكّ بنطاله. انقضّ «لونيس»، متغلّبًا على خوفه، على شريكه في الزنزانة الذي تلقّى الهجوم دون أن تهتزّ له شعرة. دار شيء يشبه العراك سرعان ما انتهى بسيطرة أمين على «لونيس» بحركة تثبيت اليدين.

ـ أنت تقاوم، يعجبني ذلك.

حاول «لونيس» التحرّر متحرّكًا في جميع الاتّجاهات، دون نتيجة، أخذ أمين يخلع ملابسه بكلّ هدوء. فجأة انقلب بؤبؤا عيني «لونيس» إلى الأعلى، وراح جسده يختلج. ردة الفعل الفجائية العنيفة هذه أربكت أمين فأرخى قبضته.

ـ أنت تقاوم إذن؟

ولكن الاختلاجات تواصلت وأخذ «لونيس» يتلوّى على الأرض.

ـ هل أنت مهبول؟ ماذا دهاك؟

حان دور أمين في الجزع والاضطراب.

ـ النجدة، بسرعة، هناك رجل يموت!

تم تنفيذ القرار الأول للجنة مساندة «لونيس» وهو الاعتصام أمام الثانوية الذي تمّ في جو وديّ لطيف. كان الطلاب وعناصر مكافحة الشغب يتحدّثون ويتسامرون، والصحفيون يطرحون أسئلة سطحيّة، دون تفكير. غدت رئيسة اللجنة «ليبيناس»، وقد تربّعت في مركز الاهتمام، ضيفًا دائمًا على التلفزيون. كانت قد تمرّست في الكلام بعد مقابلات ثلاث، فتميّز الحديث الذي أجرته بالطلاقة والسلاسة. لم يرفع «جيرار» عينيه عنها وهي محاطة بآلات التصوير، ناسيًا «لافوريه» التي بدت مثيرة للسخرية في بيجامتها الرياضية ذات اللون الزهري الصارخ.

كانت المظاهرة، بهدوئها الفائق، تفتقر إلى التشويق بالنسبة للمراسلين الخاصين الذين لم يجدوا فيها مادّة تغذي نشرة الأخبار التلفزيونية. وفجأة سُمعت سيمفونية من رنّات الهواتف المحمولة: أعلنت مكاتب التحرير اندلاع شغب في «بيراميد»، فطار حشد الصحفيين كلّه معًا واختفى في طرفة عين. انتشر الخبر بين الناس، ثمة غليان على بعد حفنة كيلومترات. ما العمل؟ هل تؤجّل المظاهرة؟ هاج الطلاب وماجوا وكذلك شرطة مكافحة الشغب. ووقفت «كاترين» تدعوهم إلى الهدوء وتخفيف التشنّج. كان عدد من الفضوليّين واقفين يراقبون المواجهة السلميّة عندما ألقى واحد منهم قطعة معدنية قديمة على مركبة شرطة مكافحة الشغب وركض هاربًا فلحق

به ثلاثة شرطيين، وما لبثوا أن أدركوا ذلك المتهوّر وانهالوا عليه بالضرب. أحدث الردّ العنيف، غير المتكافئ مع الهجوم، صدمة بين المتظاهرين.

ـ حسنًا، بوسعكم أن تتوقفوا، لقد تمكّنتم منه، قال أحد الطلّاب حانقًا.

ـ أتريد أنت أيضًا بضع لكمات؟ ردّ أحد رجال مكافحة الشغب وقد خرج عن طوره.

حالت «كاترين» بين الاثنين.

ـ هدّئا من روعكما!

لقد تدخّلت معتقدة أن سنّها سيحميها من الضرب المؤذي. كان تقديرها خاطئًا، فقد ألقي بها على الأرض.

ـ انظروا، لقد جرحتم الأستاذة!

أنهض «جيرار» زوجته، وسار بها مبتعدًا. انطلق سيل من الشتائم والسباب، وضاع صوت «كاترين» الضعيف في الضجيج وهي تصيح:

ـ أنا بخير، كفى!

فات الأوان، لقد فُتحت جبهة أخرى في عصيان «إيفري».

أصابت حماقةُ سكان «بيراميد» طارقًا باليأس، فالجو المسموم سيشوّش إدراك الصحفيين. شحذت المحنة إصراره وعناده، ولكن كيف ينبّه وسائل الإعلام وسط هيجان كامل؟ تذكّر إعلانًا لمجلّة «ليكسبريس» يقول: «الضاحية، إلدورادو الجديدة». متشبّثًا بهذا العنوان، اتّصل طارق بالمجلة.

ـ صحفيُّنا قد غادر، هل تريد أن تترك له رسالة؟ قضت رتابة صوت «فيرجيني»، مساعدة التحرير، على آمال طارق.

ـ أجل، قولي له إن طارق عامري، شقيق «لونيس»، قد اتّصل... وهمّ بإغلاق السمّاعة، ممتعضًا.

ـ هل قلتَ طارق عامري؟ انتظر، سأرى ماذا بوسعي أن أفعل. كانت «فيرجيني»، الصحفيّة الميدانية، التي غدت سكرتيرة منذ أن أصيبت بحادث وعائي دماغي، تعرف التشبث بالفرصة عندما تتاح أمامها.

ـ اترك لي رقم هاتفك، سأعاود الاتّصال بك.

للحظة كاد طارق يصدّق محادِثته، ثم تذكّر كم صكّت سمعه عبارة «سأتّصل بك» التي يتلفّظ بها الموظّفون لكي يصرفوه مع ما يحمل من أوراق.

١١٨

ما مضت دقيقة حتى رنّ هاتفه. سمع صوت رجل حازم:

ـ أنا «ميشيل ميلّينير»، هل أنت السيد عامري؟

أعطاه موعدًا في محطة «إيفري»، إن الحظ ينقلب.

عادت الوتيرة اليومية إلى مقهى سباق الخيل، وعاد «جان - مارك» ثانيةً «جان - مارك»، لم يعد بطل الساعة. كان المقامرون يراهنون، ويشربون، ويتناقشون.

رنّ جرس الهاتف، فردّ صاحب المقهى.

ـ زوجتك تطلبك ثانية يا «ديديه»!

ضحك الرفاق بصخب، وطأطأ «ديديه» رأسه.

ـ المكالمة هذه المرّة لـ«جان - مارك»، والصوت صوت رجل!

قال صاحب المقهى وهو يغمز بعينه.

ـ لم نكن نعلم بهذا يا «جان - مارك»، ألا تعرّفنا على صاحبك اللطيف؟

تعالت القهقهات، مشى «جان - مارك» وهو يهزّ ردفيه، ويده اليمنى متدلّية في الهواء، مقلّدًا دور المثليّ الذي أدّاه «ميشيل سيرّو» في فيلم «قفص المجنونات».

كان الحديث الجاد الذي تلا ذلك يتعارض مع التمثيل الإيمائي. ثمة صحفي يدعى «ميشيل ميلّينير» يزعم امتلاك معلومات حول حريق حافلته.

ـ أنا لا أتحدّث إلى الصحفيين، ولكن قل لي، كيف عرفت أني هنا؟ سأل «جان ـ مارك» بلهجة فظّة وهو يدير الأمر في رأسه.

ـ بالنسبة للحصول على المعلومات، فهذه مهنتي. إذا كنت تريد أن تعرف الرجل الذي سحبك بعيدًا عن ألسنة اللهب، وافِني إلى ثكنة «إيفري» حالًا.

أغلق «ميشيل» السمّاعة، لمّا كان في النهاية اختصاصيًّا نفسيًّا، فقد حزر بأن ما قاله سيدغدغ فضول سائق الباص. إنها كذلك مهنته.

ملأت الميداليات، والصور، والتواقيع مكتب المفوّض «فيرنيي». كانت مجموعته تلك تملأ صدره بالفخر والزهو. وفي حين تعاقب وزراء الداخلية على المنصب، بقي هو خمس عشرة سنة على رأس فرقة مكافحة الإرهاب.

«جوكس»، «باسكوا»، «دبريه»، «شوفينمان»، «فيلان»، «ساركوزي»، «فيلبان»، «ساركوزي» ثانية، كانت قائمة الشخصيات التي عمل معها المفوض الجسيم تفرض هيبتها واحترامها، وقد حافظ على علاقات وثيقة مع ذلك الذي يدعوه رئيسنا المقبل «ساركوزي».

اليوم، سيترك الغرور جانبًا، وسيحضر اجتماعًا طارئًا مع المحقق «لوترانشان»، الذي ألغى موعدًا مع برنامج «سيه دان لير» في الدقيقة الأخيرة.

- نشرت مجلّة «ليكسبريس» على موقعها الإلكتروني مقالًا خطيرًا حول قضية عامري، هلّا أعطيتني تفسيرًا يا «هنري»؟

- كلام فارغ لزيادة مبيعاتها.

- لقد قرأتُ تقرير التحقيق، ما الذي اعتمدتَ عليه؟ لا شيء سوى اعترافات أحد تجار المخدرات واثنين من الشبان التافهين!

- لقد قاد التحقيق إلى توجيه الاتّهام إلى المدعى عليه.

ـ اعفني من الترهات التي تثرثر بها في الصحافة، لا يخفى عليَّ كيف يعمل القضاء، أستطيع أن أدخل الأخت «إيمانويل» السجن غدًا لو أردتُ هذا!

كان الجدال عاصفًا وعقيمًا، دافع «لوترانشان» عن عبقريّة حدسه، أما «فيرنيي» فقد ندّد بالتحقيق المنجز على عجل وبطريقة خرقاء. كان شغل المفوّض الشاغل هو الصحافة التي تستطيع أن تجعل الأمر فضيحة. ستتهدّد الرءوس عندها بالسقوط، رأس «لوترانشان» بالتأكيد، ولكن رأسه كذلك، لأنه وضع شخصًا عديم الكفاءة في وظيفة بتلك الأهمية. أما «لوترانشان»، المعجب بنفسه، والذي لم يعتَدْ على غضب رؤسائه، فقد انطوى على نفسه في الصمت، بعد أن أُخرج من الملعب.

من الآن فصاعدًا، سيقود المفوّض «فيرنيي» بصورة مباشرة قضية عامري ونصب عينيه هدف واحد: العثور على خطة إستراتيجية للخروج من الأزمة.

جلبة ودَرْبَكة في سجن «لاسانتيه»، وقد تدخّلت رئيسة الأطباء بناء على طلب «نوفاك»، المرعوب. لم يتمكن أحد من السيطرة على «لونيس» وهو يتدحرج على الأرض، وتطلّب الأمر ثلاثة رجال لتمديده.

ـ إنه يبتلع لسانه، ثبّتوه! أمرتهم «سيرفين لورو».

انتهى الصراع عندما تنفّس «لونيس» من جديد، ولكن دون أن يستفيق من غشيته.

ـ حيلة أخرى! قال «نوفاك» بلهجة التأكيد.

ـ نوبة صرع.

قالت «سيرفين» وهي ترمي الحارس بنظرة يتطاير منها الشرر:

ـ هل عُرض الشاب على طبيب منذ بداية توقيفه؟

لم يُحر الحارس جوابًا، تعرف الطبيبة عادات الشرطة وإدارة السجن.

ـ هل سنتركه هنا؟ سأل «نوفاك» مقحمًا نفسه.

ـ لا بدّ أنك مجنون! خذوه إلى المستوصف!

نفّذ «نوفاك» الأمر متنهّدًا. إن المساء هو ساعة الازدحام بالنسبة للدكتورة

١٢٤

«لورو»، وقت الكآبة التي تنتاب السجين. امرأة جميلة وسط رجال محبطين. تأسف «سيفرين» للأسباب الإنسانية التي أقنعتها بشغل منصبها. لقد ظنّت أنها ستداوي جراح هؤلاء المنفيين لكي يستطيعوا الصمود لوقت أطول في جحيمهم. إن المناضلة الشديدة الحماس لحقوق الإنسان، التي أدّت قسم أبقراط، تمقت السجون الفرنسية، المزدحمة، الهرمة، التي أدانتها المؤسّسات الدوليّة، ولكن باستثنائها، من يبالي؟

رفّ «لونيس» بجفونه فرأى ملاكًا! حلقات شعر كستنائي مجعد تنحدر على كتفين نحيلين، عينان بندقيتا اللون، نظرة عطوفة، بشرة بيضاء ناعمة: الطيبة تفيض من الوجه المنحني فوقه. كان أبوه على حقّ، هو الذي لم يكن يملّ من تكرار مواعظه وحكمه الدينية: بعد عذاب الموت، حلاوة الجنّة.

ـ هل أنت على ما يرام؟

للملاك صوت حورية آسر.

ـ بالتأكيد على ما يرام!

ـ أنت في مستوصف «لاسانتيه».

ـ ألا تتذكّر؟

سحر انكسر، حلم تبدّد، رجع إلى جهنّم، وأصبح الملاك بشرًا.

ـ حيث يوجد هذا المخبول أمين؟

عادت الذكريات دفعة واحدة.

ـ شريكك في الزنزانة؟

١٢٥

ـ نعم، لقد اعتدى عليّ بينما كنت نائمًا، أليس كذلك؟ قال «لونيس» في ذعر.

ـ لا، اهدأ، اهدأ، وإلّا وجدت نوبة صرع أخرى لك بالمرصاد.

طمأنت الطبيبة «لونيس» بأنه لن يعود إلى الزنزانة هذا المساء، فسوف تتدبّر أمر انتقاله إلى مكان آخر. للمرّة الأولى، يلقى الإرهابي المزعوم أذنًا صاغية بدون انحياز أو تحامل أو حكم مسبق. «سيفرين» التي راودها الشكّ في بادئ الأمر، قد اقتنعت بصدق الشاب وسلامة طويته، عندما استمعت إلى تفاصيل روايته. كان هناك مرضى آخرون يطلبون حضورها. فهي وحدها مسئولة عن العناية بنحو خمسين مريضًا. قدّمت اعتذارها لـ«لونيس» قبل أن تنسحب. ملاكٌ مرّ من هنا، والأمل ولد من جديد.

مكالمة «ميشيل ميلّينير» الهاتفية قد رفعت معنويات طارق وشجّعته، فقد قبل «كريستوف» ويزيد مرافقته إلى الثكنة. قبل أن يذهب إلى هناك، ركض لإحضار بطاقة إقامة «لونيس» من إدارة الشرطة. كانت الساعة الخامسة مساء، وقت إغلاق الدوائر، شقّ طارق طريقه إلى الداخل. كان الحظ حليفه كذلك، فقد وجد في الشبّاك موظفًا يعرفه جيدًا لكثرة ما استقبله من أجل بعض الأوراق المطلوبة. شرح له طارق الوضع، فلقي منه تفهّمًا جعله يقبل بتسريع الإجراءات العادية. استغرق إنجاز المعاملة ربع ساعة من الزمن، وهو ما يتطلّبه الوصول إلى الثكنة دون استعجال.

أجملَ «ميشيل ميلّينير» ما عليه إنجازه، ينبغي أن يلتقي رجال الإطفاء، و«جان - مارك لوموان»، و«جورج هيرو»، وطارق عامري، ثم ينهي مقاله لمجلّة «ليكسبريس» قبل منتصف الليل. وهذا مستحيل إذا تتابعت المواعيد، من الأفضل أن يرى الجميع في وقت واحد.

قطع المسافة من ١٧ شارع «أرّيفيه» حتى «إيفري» في نصف ساعة، سائرًا بسرعة جنونيّة، سالكًا مجازات التوقّف الطارئ في الطريق السريع «A6». كان هناك ستة رجال في انتظاره: شبيه العدو العام رقم واحد، طارق عامري، شابان متينا البنية هما «كريستوف دلان» ويزيد قمر، «برتران دبروش»، رجل

إطفاء احتياطيّ، و«جورج هيرو» الذي يعرفه جيدًا. وقد تخلّف «جان – مارك لوموان» الذي يبدو أن «ميشيل» قد فشل في إغرائه.

بدأ «برتران دبروش» الحديث، كان في حوالي العشرين من عمره، يتكلم بلكنة أهل «لانجدوك»، مع لثغة خفيفة. أكّد أنّ مجهولًا قد أخرج «جان – مارك لوموان» من حافلته، ولكنه كان مشغولًا بمكافحة الحريق، فلم يعره انتباهًا. وأضاف أن زميلًا له، سيصل عمّا قليل، ربما استطاع التعرّف إلى الرجل. نكّس طارق رأسه منزعجًا، ودفن وجهه في راحتي كفّيه. لم تنفرج شفتا «كريستوف» ويزيد عن كلمة واحدة عندما حان دورهما، وقد حثّهما طارق بضربة من مرفقه، ولكنهما أصرّا على الصمت: هذا الرجل شرطيّ! قالا مشيرَيْن إلى «جورج» الذي حاول أن يكون قدوة لهم فأطلعهم على وجهة نظره في قضيّة عامري، ذاكرًا أنّ الملفّ لم يستند إلّا إلى اعترافات مريبة. تشجّع «كريستوف» ويزيد وأقرّا أن «لونيس» بريء وهما كذلك! وعيونهما شاخصة إلى الشرطيّ، لقد كرّرا ما تقتضيه مصلحتهما. خمد صوتهما أمام وجه طارق الغاضب الذي أخذ دورهما في الحديث، وهو يكاد يتميّز غيظًا، ذاكرًا مسيرة «لونيس»: تلميذ قادر ذهنيًّا على النجاح في الدراسة ولكنه خامل، كسول، وقد لامس الخطوط الحمراء، غازلها، بيد أنه لم يجتزها، وهو مسار مألوف لمراهق لا يشعر بالراحة في ضاحيته.

خربش «ميشيل ميلّينير» شيئًا على دفتره، توقّدت عيناه وسرت الحيوية في وجهه، لقد تحدّدت خطوط مقاله، سيقبل رهانه ويحتلّ غلاف المجلّة للمرّة الثانية على التوالي.

بخطوات متثاقلة، انضم شخص سابع إلى المجموعة. لم يستطع

«جان – مارك لوموان»، سائق الحافلة، مقاومة إغراء مقابلة «سامريه الصالح» الذي مدّ له يد العون.

ـ أهذا هو؟ سأل وهو يشير إلى رجل المطافئ.

هزّ «ميشيل» رأسه نافيًا، وتابع:

ـ ألم ترَ منقذك؟

ـ لا.

شعر «جان – مارك» بالاستياء والندم لأنه صدّق الصحفيّ، لقد كان يسخر منه.

همّ بمغادرة المكان، فاصطدم أثناء استدارته بالقامة الجسيمة لـ«ألبير دومان»، المستعدّ لبدء خدمته. اختبأ طارق وقد تفاجأ بظهوره غير المتوقّع، ولكن بعد فوات الأوان، إذ تقدّم «دومان» وصافحه.

ـ شكرًا على مساعدة أمس.

ران صمت تساؤليّ، فتابع «دومان» موضّحًا:

ـ ألا تعرفون؟ إنه هو مَن أنقذ هذا السيّد.

أشار «دومان» بإصبعه إلى «جان – مارك». خيّم الذهول. اكتسى وجه طارق باللون الأرجواني، قطّب «جورج» حاجبيه، لم يصدرعن «جان – مارك» أي ردّة فعل، أضاع «ميشيل» قلمه الحبر، أمّا «كريستوف» ويزيد فقد أخذا، غير مكترثين، ينظران بإعجاب إلى عضلاتهما.

عمل فريق المفوّض «فيرنيي» بلا توقّف لكي يعثر على ثغرة في مسار عامري. لا بدّ من إبعاد البريء عن وسائل الإعلام لتفادي الفضيحة. لقد لعبت أحداث اليوم دورًا لصالحهم، فيوم آخر من الشغب في «إيفري» يحوّل الأنظار عن الخطأ الجسيم المرتكب، ولكن كلّ شيء يمكن أن يتغير. فالمقال الملغز في «ليكسبريس» ما برح يقلق «فيرنيي». إذ لدى ميلّنير، الصحفي الشهير، بضعة أسباق صحفيّة مثيرة في جعبته.

سوابق عدلية؟ لا يوجد. سجلّ معلومات عامة؟ أبدًا. أنشطة سريّة، لا شيء يستحقّ الذكر. صلات دينيّة؟ سلبيّ. إن المتّهم عامري مذنب سيئ جدًّا. ستّة أشخاص شرّحوا سيرة حياته تشريحًا: لا شيء سوى غرامات نقدية لشركة السكك الحديدية الفرنسية، وهي أشياء لا يؤبه لها بالنسبة لإرهابي.

الحالة المدنية لا تقدّم شيئًا مهمًّا، جزائريّ، مهاجر نظاميّ، ثمانية عشر عامًا، وُلد في الجزائر، ويقيم في «إيفري».

ـ مهلًا مهلًا. رفع رجل منهمك في العمل إصبعه كما يفعل تلامذة المدارس.

ـ لقد وجدت الثغرة!

هيمن التشويق على المكان، وهتف «فيرنيي» بنفاد صبر:

ـ هيّا، يا إلهي، هيّا، هات ما عندك!

ـ إني أتحقّق من الأمر، لا أريد أن ألقي الكلام على عواهنه... نعم، صحيح... لقد بلغ عامري لتوّه الثامنة عشرة من عمره، وليس لديه بطاقة إقامة، إنه مهاجر غير شرعي!

مرّت ليلة هادئة، بفواصل منتظمة، كانت «سيفرين لورو»، المرأة الصادقة الوعد، تروح فيها وتجيء متفقّدة «لونيس» الذي كان ينام منكمشًا على نفسه تحت الملاءة. كانت تقوم بعدّة أعمال في آن واحد لكي تلبّي الاحتياجات، وتتغلّب على الضيق وانقباض الصدر. كم عدد السجناء الذين يعانون الاكتئاب في «لاسانتيه»؟ الأسرع عطبًا هم الأشخاص المهمّون، حتى وإن تمتّعوا بنظام امتياز، فهوّة كبيرة تفصل بين ظروف حياتهم في الخارج وحياتهم في السجن. ولكن هؤلاء المواطنين من الدرجة الأولى يتمتّعون بالحظوة في زنزاناتهم الفردية، هنا أو هناك، الامتيازات موجودة.

حالة كآبة أخرى! بسبب مشروع التطهير الموعود، والمؤجّل منذ سنوات، يعجّ سجن «لاسانتيه» بالحشرات. لم يعد هناك مبيد حشري، راقبت «سيفرين»، عاجزة، الحشرات وهي تتسرّب من مخابئها، ثمّ انطلقت في مهمّتها، ثمة جرح يحتاج إلى مداواة.

زحفت الكآبة حتى فراش «لونيس» الذي كان غارقًا في النوم تعويضًا عن ثلاثين ساعة لم يغمض له فيها جفن. في ليلة دون حلم، على شفير هاوية، سمع صدى يردّد: «لونيس عامري»، أنت تقيم في فرنسا بصورة غير شرعية، وقد اتُّخذ ضدك إجراء بالطرد.

القسم الثالث

ثمّة طريقتان أساسيتان لصنع حبل: بالجدل وبالفتل.

الجديلة هي جمع حزم من الألياف، ثلاث على الأقلّ، وفق ترسيمة مكرّرة. تُمرّر الفتائل المختلفة من الألياف بعضها فوق وتحت بعضٍ بالتبادل. تُصالب الفتائل بزاوية قائمة، كرقعة «ضومانا» موروبة. كلّما زاد استهلاك الألياف، طالت الفتيلة. ويستمر الجَدْل حتى الوصول إلى الطول المطلوب.

ينطبق تعبير جديلة على جميع الأشياء المنجزة وفق هذا التحديد. فهناك جدائل مسطحة تتضمن عددًا من الفتائل، ثلاثًا على الأقل، وكذلك جدائل دائريّة، مربّعة، أسطوانيّة، أنبوبيّة...

يتمّ العمل كما يلي: يمرّر الخيط اليساري فوق الخيط المجاور، وتحت الذي يليه. نعمل بهذه الطريقة حتى الخيط الأخير. الخيط الذي تم تمريره يترك على وضعه الأخير. نطبّق الشيء نفسه على الخيط الثاني، الذي يغدو عندها الأول. نكرّر هذا العمل فنحصل على حبل.

عند صنع حبل بطريقة الفتل، تجمّع الألياف بشكل متوازٍ وتُبرم معًا بحيث تشكّل خيوطًا يعاد فتلها معًا لتكوّن الحبل. بخلاف الجديلة حيث

تتصالب فتائل الألياف، فإن الخيوط في هذه الحالة تلفّ في خط حلزوني، مركزه هو مركز الحبل.

هذه هي الكيفية التي يصنع بها الحرفيّ «جيل تورلييه» حباله.

إنها الثامنة صباحًا، انتهى الكابوس، وعاد إلى المنزل. فتح «لونيس» عينيه على السقف المتشقّق. ابتسم، دلّك ذقنه بيده، لديه انطباع بشيء سبق له رؤيته. أسرع للحاق بالباص، من يدري إن كان الحلم ليس سوى نذير؟

تمطّى «لونيس» متمددًا بكامل طوله. دهش لعدم سماع صوت أمه، انقلب على جنبه، فإذا برجلين واقفين قبالته، يوجّهان إليه نظرة فاحصة، لم يكن أيّ منهما طارق، ولا كامل. استيقاظ صعب، رأس ثقيل، رفرف «لونيس» بعينيه لكي يطرد الهلوسة، دون جدوى، تقدّم أحد الدخيلين بهيكله الضخم، رافعًا خصلة الشعر التي تغطي جبينه. حكّ «لونيس» فروة رأسه، هناك تورّم لعين، أخيلة تتراءى له، الرجل ما زال يقترب، أصبح على بعد خمسين سنتيمترًا، حرّك شفتيه متمتمًا: السلام عليكم! نفَسُه يفوح برائحة قدمي أحمد، أهلًا بك في الجزائر.

إنها الثامنة صباحًا، كان «بول ماسّون» مستلقيًا على فراشه، يستكمل صحوه بعد سهرة أكثر فيها من الشرب. بضع علب من البيرة أبقته يقظًا أمام التلفزيون لمشاهدة برنامج الصيد «تريه شاس» حتى منتصف الليل. لن يشاطره مهارته في صيد البط البريّ في مستنقع «بواتفان»، فقد كانت الوحدة تملأ حياة القاضي اليوميّة مذ هجرت زوجته الشقّة الواسعة. ظلّ ابنه المبرّر الوحيد للعيش لديه، كان يكثر من زيارته ما استطاع في دار للمعاقين في «إيفري».

دغدغ «بول» زاوية فمه عند ملتقى الشفتين بسيجارته الأولى، والألذّ، في هذا النهار، مستبقيًا طعمها الطيّب. مدّ ذراعه نحو منضدة السرير، ثمة ثلاث علب، اثنتان منها فارغتان، فكّر في ضرورة تجديد مخزونه منها. نظر «بول» في ساعته متعب الأسارير. لقد تأخّر. مشى إلى الحمّام بخطى كسلى مترنّحة، متعثّرًا ببنطاله وسترته الموضوعيْنِ دون ترتيب أسفل السرير. منذ سنوات خمس و«بول ماسّون» يعاني كلّ يوم من هذا الاستيقاظ المشوّش.

إنها الثامنة صباحًا. تمدّد «ميشيل ميلّينير»، الذي استيقظ منذ ساعتين، على الكرسي الطويل في شرفة بيته، يتأمّل غلاف مجلّة «ليكسبريس»، المعنون: «قضيّة عامري، القصة السرية لتهمة غير مؤيدة بدليل»، وهو ثاني غلاف للصحفي على التوالي. وضعت زوجته، «كارولين»، قطع الكرواسان الساخنة التي اشترتها لتوّها من المخبز، على الطاولة الواطئة، احتفالًا بجائزة «ألبير لوندر» التي ستُمنح له كأفضل مراسل في الصحافة المكتوبة.

بعد «الضاحية، إلدورادو الجديدة»، سجل المقال انعطافًا مائة وثمانين درجة. ففي حين أشاد في الأسبوع الماضي بظهور نخبة في الضواحي، من أمثال عزوز بقاق، زين الدين زيدان، جمال دبوز، «ملامين كونيه»، فضيلة عمارة، يعالج اليوم موضوع الصدوع في الاندماج الفرنسي، وكذلك نجاحاته، مستشهدًا بروح المواطنة لدى طارق عامري كمثال.

قالت «كارولين» لزوجها ممازحة: «لقد كتبتَ ربع المجلّة!» ولم يكن في قولها كثير من المبالغة. فهناك مقال أساسي حول الأخطاء في ملفّ عامري، وحكاية إنقاذ «جان – مارك لوموان»، ومقابلة يتقاطع فيها كلام السائق مع كلام طارق عامري، عشرون صفحة كتبها بيده في أقل من خمس ساعات ملأت المجلّة الأسبوعية، إنجاز عظيم. مدّ «ميشيل» يده وقد غمره شعور الزهو بنفسه متناولًا قطعة كرواسان ثالثة.

إنها الثامنة صباحًا، تحلّق أفراد أسرة عامري حول المائدة المستطيلة المصنوعة من خشب الزان في غرفة الاستقبال المخصّصة للمناسبات الكبيرة، لتناول طعام الإفطار. جلسوا وكأن على رءوسهم الطير، والتوتّر يعتصر معدهم، ما من كلمة، ما من همسة، حتى أحمد الصغير التزم الصمت. أخذ سمير إجازة من عمله، الأولى له منذ خمس سنين، وهجرت فاطمة المطبخ، وهبّ الأولاد من أسرّتهم دون تلكؤ، إنه الاجتماع المقدّس.

كسر طارق جدار الصمت، ذاكرًا المقال المنشور في «ليكسبريس»، لقد تغيّرت الأمور، وعمّا قريب سيكون «لونيس» بينهم. سوف يسعى، هو وخديجة، بكل قواهما لكي يخرج «لونيس» من السجن، أما الآخرون فيتابعون نشاطاتهم المهنية أو المدرسية. قطّب سمير حاجبيه.

ـ وأنا؟

خيّم صمت مرتبك، لقد استُثني الأب من خطّة الأسرة، ولكن فاطمة وجدت الجواب.

ـ أنت ستذهب لتصلّي وتدعو لابنك في المسجد، نحن بحاجة إلى عون الله.

استرخى سمير، وتفرّق أفراد الأسرة، وقد فُرِّج عنهم، منطلقين كلّ إلى هدفه.

إنها الثامنة صباحًا. وقفت «كاترين ليبيناس» تصنع لنفسها فنجانًا من الشاي المنعنع معجبة بمقابلتها التي أذيعت في برنامج «تيليماتان»، اتّصلت بأمها، كلَّمت «جيرار»، والاثنان قالا لها إنها كانت رائعة. من المؤسف أن أحداث الشغب في «إيفري» قد غطّت على حسن أدائها.

كان النهار ينبئ بأنه سيكون حافلًا كسابقه: فهناك مقابلة مع خديجة عامري ومواصلة الإضراب. في جنون يوم أمس، فات «كاترين»، للمرة الأولى، مشاهدة برنامج «كيستيون بور آن شامبيون»، سابقة لم تحدث من قبل!

ذهبت إلى المخبز الواقع على زاوية الشارع، فحدّق زبائنه فيها، وقدّمت لها صاحبة الفرن خبزًا بالشوكولاتة. أحسّت بوجودها، بقيمتها. عادت إلى المنزل فوجدت زوجها في انتظارها، عانقها، وهمس في أذنها:

ـ طقمك الكحليّ يليق بك كثيرًا.

سرّت «كاترين» للإطراء. إنها سعيدة.

إنها الثامنة صباحًا. تثاءب «جان – مارك لوموان». لقد مرّ اليومان الماضيان في صخب، فأتت هذه الليلة من النوم العميق لتنعشه وتجدّد نشاطه. سيكون الأسبوعان القادمان أسبوعي بطالة، فكيف يمضيهما؟ سيذهب بالتأكيد إلى مقهى المحطّة، ولكن قضية عامري ما فتئت تشغل باله. لم يطلب البارحة أحد خدماته، لا عامري ولا ميلّينير، إنه حرّ في التفرّغ للأشياء التي أدمنها، سباقات الخيل والكحول. ولكنّ تورّطه الشديد في القضية وشعوره بأنه مدين للأخ، يجعل من الصعب عليه لعب دور اللامبالي!

لن يحبس «جان – مارك» نفسه اليوم في مقهى سباق الخيل، إن الحياة تناديه في مكان آخر.

في «جرونوبل»، في الدكان الصغيرة ذات الخمسة والثلاثين مترًا مربّعًا، دأبت عائلة «تورلييه» على صنع الحبال منذ خمسة أجيال، منذ عام ١٧٨٦ عندما تسلّق الدكتور «باكّار» قمة «مون بلان»، سقف أوروبا. كان «أوجوست تورلييه»، واستجابة لهوى مفاجئ، قد أوقف نشاطه كبيطار يعالج الدواب ويُنعِلها، لكي يصبح واحدًا من ثمانية عشر حبّالًا متخصّصًا في فرنسا. ثم انتقل التقليد من الأب إلى الابن حتى وصل إلى «جيل»، الذي ظلّ وفيًا لتقنيات السلف في الوقت الذي غيّر فيه التصنيع المهنة. كاد الارتباط بالماضي يقتل تجارة «تورلييه» التي كانت مردوديّتها في تناقص مستمرّ، عندما برزت، في مستهلّ القرن العشرين، ظاهرة غير مسبوقة قلبت المعادلة، هي السياحة. إذ غدت البحار، والأرياف، والجبال أماكن لقضاء العطل والإجازات، بفضل تطوّر وسائل النقل وزيادة متوسط دخل الفرد.

كانت تلك بداية مرحلة مباركة بالنسبة لصانع الحبال، إذا فاق الطلب العرض الذي تنتجه يدا «جيل». ولكن لمّا ظلّ رافضًا نقل سر عائلي إلى متدرّب راغب في تعلّم الصنعة، فقد انتهى به الأمر إلى العمل اثنتي عشرة ساعة في اليوم، جادلًا أفضل الحبال في مقاطعة «إيزير».

كان الوجيه محدث النعمة في الخامسة والثلاثين من عمره، وقد حافظ

على وتيرة إنتاج عالية، ولكن الرغبة في نقل مهارته وإرثه ـ إذ زادت مساحة الورشة ثلاثة أضعاف ـ غدت الشغل الشاغل للرجل الحصيف، لا بدّ له أن ينجب وريثًا.

تزاحم الطامعون في المال في المنطقة لتقديم بناتهم لمثل هذا العريس «اللقطة»، وبعد استعراض نحو ثلاثين مرشّحة، انتقى «جيل» «أجنيس دوشار» وتزوجها في السادس من تموز/يوليو ١٩١٤.

حدثت الكارثة في الثالث من آب/أغسطس ١٩١٤، عندما شنّت ألمانيا الحرب على فرنسا، فـ«جيل» الذي كان حتى ذاك قد أفلت من التجنيد، ضُمّ إلى الكتيبة الثالثة من مشاة الجبل في «إيزير». عشر سنوات من التوسيع المستمرّ لمشغل الحبال أحالتها أربع سنوات من الحرب هباء منثورًا، وستكون إعادة البناء طويلة وشاقة.

حدث الأسوأ بعد شهر من رجوعه، فقد بدأ بطن «أجنيس» بالاستدارة: كان حملًا في شهره الرابع حسب تشخيص الدكتور «توتان». الاستنتاج سهل وبسيط، لقد أقامت «أجنيس» في غيابه علاقة جنسية، ولكن «جيل» لم يوجّه إليها لومًا صريحًا قطّ. أصبح الصمت أسلوب التواصل بين الزوجين، اعتصمت «أجنيس» بغرفتها، ولاذ «جيل» بورشة الحبال التي أعاد تأهيلها لكي تنتهي نهاية مخيّبة للآمال. إذ اضمحلّت السياحة! فقد زعزعت عواقب ما بعد الحرب، والأنفلونزا الإسبانية أسس الاستهلاك لدى الأسر. كان الثامن من نيسان/إبريل ١٩١٩، يوم ولادة «بيرت تورلييه»، أشدّ الأيام حزنًا وتعاسة في حياة أبيها الظنّيّ.

إذا صدّقنا الرجل ذا النفس النتن، فلن يكون «لونيس» في الجزائر ولكن في في مركز الحبس الإداري التابع للقصر العدلي في باريس في انتظار دعوى للنطق بالحكم. لم يعلم بوصوله إلى هناك، إذ كان نائمًا منذ عشر ساعات، كانت الطبيبة تتفقّده فيها كل ساعتين.

في حجرة صغيرة ضيقة بدون نوافذ حُشر ثلاثة رجال معطوبو الجسد، كانوا يرقدون فوق ثلاث حشيّات رثّة: مالك، سبعينيّ عليل طريح الفراش، يكاد لا يستطيع الوقوف على قدميه، محمّد، خمسينيّ أعجف ذاوٍ، ذراعه في جبيرة من الجبس، «لونيس»، المحموم، كان الأقل عجزًا. ولكن لماذا حبس بين معاقين؟ حاول مالك التخفيف عن «لونيس»، قائلًا إن بإمكانه الخروج لو رغب في ذلك. رفع الشاب كتفيه متشككًا وسحب مقبض الباب في حركة انعكاسيّة. تفاجأ بانفتاح الباب على صالة كبيرة: لم يكن العجوز يمزح. كانت القاعة المكتظّة ترجع صدى خطوات حوالي ثلاثين شخصًا. بعد يومين في زنزانات بالغة الصغر، كان السقف الفائق الاتّساع، يهيمن بوقره على الأشباح الهائمة. استند «لونيس» إلى الجدار، مستعيدًا أنفاسه. التفت إلى اليمين فقرأ: المادة ٣٥ مكرّر من القرار رقم ٤٥ـ١٦٥٨ الصادر في ٢ تشرين الثاني/ نوفمبر ١٩٥٤ بخصوص الحبس الإداري للأجنبي. كان ألم رأسه أشدّ من أن يسمح له بالتركيز على هذه اللغة غير المفهومة.

شعر بوهن شديد، فخرّ منهارًا على الأرض. خفّ إليه ممرض في ميدعة بيضاء غير مكوية، وسمّاعة طبيب حول عنقه:

ـ أنت هنا! كنت أخشى أن تُرسَل إلى المحاكمة نائمًا! تلفّت «لونيس» حواليه، إلى من يوجه هذا الشخص خطابه؟

ـ «لونيس»، هل أنت بخير؟

غريب! إن الشخص المجهول يناديه باسمه الأول.

ـ باستثناء الدوار، كل شيء تقريبًا على ما يرام. ولكن ماذا أفعل هنا؟ من أنت؟

غمغم «لونيس» بصوت رخو وهو يمسّد صدغيه.

عرّفه الرجل بنفسه، «لويس باسكال»، ممرّض في قصر العدل في باريس. كان لسانه يرتطم بسقف حلقه في كل تنفس، مصدرًا فرقعة مزعجة. تلعثم بالكلمات وهو يشرح لـ«لونيس» بتردّد أن عليه المثول أمام القضاء لأنه مهاجر غير شرعيّ. لقد أُمر بإخطار كاتب المحكمة ما إن يستطيع «لونيس» الوقوف على رجليه، فالسلطات مستعجلة.

ـ ألم أعُدْ إرهابيًّا خطرًا؟ قال «لونيس» لمحدّثه هازئًا.

لم يكن لديه أية فكرة عن تطوّر الأمور، فالتلفزيون لم يقدّم إيضاحًا حول التداعيات الرسميّة للقضيّة. لقد ظهر مقال في مجلة «لكسبريس» فقلب الإجماع ضد «لونيس»، ولكن القضاء كان يدك رءوس الجميع كمدحلة.

ـ هل يمكنني تناول حبة أسبرين؟ ألم الصداع يصعد ثانية كالمخرز إلى رأس مريض ما زال في طور النقاهة.

أنهض «لويس» «لونيس» جاذبًا إيّاه من ذراعيه، ثم سار به حتى المستوصف الغارق في الفوضى. أدخل يده في خزانة جداريّة. قاطعه «لونيس»:

ـ ما من أخبار عن عائلتي؟ تخيّل «لونيس»، مفعمًا بالقلق والهمّ، غضبَ سمير ونحيبَ فاطمة.

إنّ المحاكم محكمة الإغلاق، من الصعب الاتصال بمتهم في مثل هذا الوقت القصير، لقد ذُكر اسم أخيك في مقال في مجلّة «ليكسبريس»، هذا كل شيء.

ـ لماذا ذكر اسم أخي؟ أي منهم؟ طارق؟ داعب الأمل صدر «لونيس»، فطارق عنيد لا يستسلم بسهولة، وبإمكانه اجتراح المعجزات.

لا يستطيع الممرّض تأكيد ذلك، فقد قرأ المجلّة قراءة خاطفة، ومع كل ما جرى في الضاحية، فقد اختلطت الأحداث لديه وتداخلت.

ـ يا لي من غبي! لقد نسيت، بعثت إليك الدكتورة «لورو» برسالة تقول إنها ستعمل بقدر ما تسمح به إمكاناتها لكي تنبّه وسائل الإعلام. قال «لويس» بنبرة الأسف الشديد وهو يضرب على جبينه بكفّه.

ـ الدكتورة «لورو»؟ حكّ «لونيس» ذقنه متفاجئًا.

ـ أجل، رئيسة أطباء «لاسانتيه».

أجاب «لويس» وهو يؤكّد على مقاطع الكلمات.

لم يعد بحاجة للأسبرين، ففي ظل حماية أخيه وملاكه الحارس، لن يتمكّن أحد من قهره.

في مكتب تحرير مجلة «ليكسبريس»، تم استعراض أقوال الصحف أمام «ميشيل ميلّينير». احتلت أحداث الشغب في «إيفري» الصفحة الأولى للجرائد دافعة بقضيّة عامري إلى الصفّ الثاني. كتبت صحيفة «لوموند» ببساطة: «شغب في «إيفري»، أما «ليبيراسيون» فقدّمت الموضوع من خلال لعب جميل على الكلمات: «هذه الأحياء العمياء[1]». مقال «ميشيل» قد فتح ثُلمة في الإجماع اللامبالي حول الاتّهام غير المثبت بدليل. اتّصل الزملاء لتحيّة هذا السبق الصحفي، وللحصول «من تحت لتحت» على بعض الأخبار.

عظيم، إن هذا الغليان في مصلحة «لونيس»، فالضغوط الإعلاميّة ستدفع في اتّجاه استرداد السلطة السياسية على الملفّ، وستقدّم الشرطة تقاريرها للتحقيق. هاتَفَ «ميشيل» طارق عامري لإطلاعه على تحليله للوضع، ثم انطلق إلى العمل. ذهب إلى «جورج هيرو». أين «لونيس»؟ أخبره أن «لوترانشان» لم يتدخّل، وأن المفوّض «فيرنيي» يوجّه العمليات مباشرةً، لم يعد لـ«جورج» علاقة بالقضيّة، فالجوّ متوتّر، والسلطات تبحث عن مصدر التسريب، ينبغي ألا يتصل به حتى إشعار آخر.

---

(١) العنوان بالفرنسية هو «Ces cités aveugles» ولفظ «ces cites» أي «هذه المدن» يماثل لفظ كلمة «cécités» التي تعني عمياء (المترجم).

نضوب هذا المصدر سدّد ضربة قاسية لآمال «ميشيل». فقام بتوجيه نداء إلى شبكات الهيئة القضائية من أجل تحديد مكان «لونيس»، بقي على اتصال بفِرَق عمل «فيرنيي» في حال واحد من الرجال تكلّم. ستساعده «فيرجيني» في المهمة، فلئن لم تعد تستطيع التنقّل كالسابق، فقد بقي توقّد ذهنها أكبر ميزاتها.

وبالفعل، اتّصلت السكرتيرة لتقول بأن «سيفرين لورو»، رئيسة الأطباء في سجن «لاسانتيه»، تملك معلومات سريّة عن «لونيس»، والموعد في مكتب التحرير في «ليكسبريس». أظهر زخم المعلومات صحّته غير القابلة للجدل.

نقل طارق إلى عائلته معلومات «ميشيل»، إن الريح تميل لصالح «لونيس». رفرف الفرح في أجواء الشقّة، وأخذ أفراد العائلة يوجّهون تهانيهم الحارة إلى طارق الذي لم يدّخر جهدًا في هذا السبيل. لماذا لم تحكِ لنا عن حريق الحافلة؟ سألتني ماما بلهجة توبيخ عندما أخبرتُها هذا الصباح، فلزمتُ الصمت. احمرّ وجه فاطمة، وشعرت بشيء من الضيق. قبل أن يغادر أفراد العائلة، همس كلّ منهم بكلمة لطيفة في أذن طارق، المرتبك. بقي هو وخديجة مع أمهما. في حال طرأ ما ليس في الحسبان، سيحضر كامل للمساعدة، أما خالد، الشديد العصبية، فقد تُرِكَ جانبًا.

تلقّى طارق اتصالًا جديدًا من «ميشيل ميلّينير»، ثمة لقاء مبرمج مع رئيسة أطباء «لاسانتيه»، سيتمكّن طارق من جمع بعض المعلومات عن أخيه إذا ذهب إلى مقرّ مجلة «ليكسبريس». ما رأيك يا خديجة؟ وافقت الأخت الكبرى، كانت بدورها ذاهبة إلى ثانوية «جورج براسنس» حيث تنتظرها «كاترين ليبيناس». مشّط شعره بسرعة واندفع خارجًا. على عتبة الباب أمسكته أمه من كمّ قميصه وعانقته قائلة:

ـ أنا فخورة بك.

جنبًا إلى جنب مشت «كاترين» و«جيرار» نحو ثانوية «جورج براسنس». أعمدة مقتلعة، هياكل سيارات محطّمة، لكن آثار مواجهات البارحة لم تنَلْ من المزاج الرائق لـ«كاترين» التي حيّت الصحفيين الواقفين أمام بوابة المدرسة الحديدية.

التعبئة ما زالت على أشدّها، وسيحضر سائق باص عما قليل! إنها فرصة جديدة للتألّق بالنسبة لمدرّسة الفرنسية. بدأت نهارها بمقابلتين باسم لجنة الدعم. كرّرت فيهما رغبتها في حلّ عقدة قضيّة عامري في السريع العاجل. لماذا تدافع عن «لونيس»، الإرهابي المفترض؟ لو أنها صدّقت لثانية واحدة التهم الموجّهة إلى تلميذها لما انتصرت لقضيته. هل دور الأساتذة هو جرّ الطلاب إلى الإضراب؟ على المدرسين واجب بناء مواطنين مسئولين. ما رأيها في الانزلاقات الخطرة للوضع؟ لقد كانت من فعل أقلية صغيرة ولا تضع تصميم اللجنة على الالتزام بالشكل السلميّ موضع الشكّ. بإلقاء واثق، وصوت هادئ، أجابت «كاترين» على جميع ما طرح عليها من أسئلة بحضور «جيرار» الذي كان يرمقها بإعجاب.

في وقت الاستراحة، وقفت خديجة عامري، أمام مدرّستها السابقة وقلبها يخفق بالرهبة. تمتمت، ويداها خلف ظهرها: «صباح الخير» بصوت لا يكاد يُسمع.

عادت إليها ذكريات السنوات الجميلة، عندما كانت تحصل على أعلى العلامات في صفّها. ورضوخًا لإرادة أبيها، توقّفت عن الدراسة في السنة السابعة، لكي تصوغ مصيرها كربّة منزل. كانت مخطوبة لابن عم بعيد، فما حاجتها لأن تستمرّ لما بعد سنّ التعليم الإلزامي؟ احتجاجات الفتاة ودموعها لم تستطع تغيير قرار الأب الذي تغلّب بلكمة واحدة على مقاومة خديجة. بحثت التلميذة النجيبة عن مصدر دخل في العمل في البيوت في انتظار زوج لا تعرفه يسعى إلى استكمال أوراق الهجرة إلى فرنسا. كرهت خديجة نفسها لأنها استسلمت، من أجلها ومن أجل أخواتها اللواتي سلكن الطريق الذي خطّته الأخت الكبرى. ولكن كيف الصمود أمام التعنيف اليوميّ لمجنون هائج؟

استقبلت «كاترين» مَنْ كانت تلميذتها المفضّلة بابتسامة صادقة.

ـ كم أنت مشرقة ومتألّقة! ما أخبارك؟ ماذا تفعلين الآن؟

ـ شكرًا لما فعلتِه من أجل «لونيس»، لم تكوني مضطرّة...

تهرّبت خديجة من السؤال خجلة، شقَّ عليها أن تقول إن معدّل ١٨ على ٢٠ قد أفضى بها إلى فرك الأرضيّات.

حكت «كاترين» عن مساهمتها المتواضعة، و«جيرار» دائمًا إلى جانبها. ثم قدّمت الرئيسة البيان الذي ستقوم بقراءته للصحافة. فتساءلت خديجة، ألن يكون من الأفضل أن تقرأه أخت المتّهم؟ أشارت «كاترين» إلى تجربتها في وسائل الإعلام، وإلى طلاقتها، أما خديجة فسيغلب عليها الانفعال. قاطعها «جيرار»، الشابة محقّة، كلام واحد من الأهل سيكون أشدّ تأثيرًا في المشاعر. تلقّى نظرة ناريّة من «كاترين» التي قامت، بشهامة مزيّفة، بإخلاء الساحة لخديجة. آمل أن لا ترتكبي أخطاء، قالت كاذبة. أخذ «جيرار» يعطي نصائح للمبتدئة. ابتعدت «كاترين»، لم يعد زوجها الآن يراها.

بيدين مرتعشتين أخذ «بول ماسّون» يحلق ذقنه، التجاعيد حفرت أخاديد في جبهة القاضي. صورته المنعكسة في المرآة الكبيرة التي تميل إلى الأمام وإلى الخلف أعادت إليه صور ماضيه.

كانت «إيرين»، زوجته، تتباهى بمهنة زوجها اللامعة، فالقاضي الأول «بول ماسّون» نموذج للنجاح. ابن رائع اسمه «ريمي»، شقة من طابقين متّصلين بدرج داخلي فاخرة الرياش، سيارة فخمة، كان يعيش حلمًا جميلًا قد تحقّق عندما انقض الكابوس. صدمت سيارةٌ المرسيدس التي كانت تقلّ «بول» و«ريمي». خرج «بول» من الحادث سالمًا عدا ارتجاج دماغ خفيف، أما «ريمي» فقد أصيب بشلل نصفي. أدانت المحكمة السائق الأرعن، الذي كان مخمورًا، ولكن «إيرين» لم تغفر لـ«بول» قطّ. لماذا يسير هو وليس ابنه؟ استولى شعور الذنب على «بول» الذي لجأ، لسخرية القدر، إلى الشرب، تأزّمت العلاقة بين الزوجين وبدآ بالتباعد حتى تركت «إيرين» «بول» من أجل معلّم «اليوجا».

غرق «بول» في الكآبة، ولكن حتى في أحلك الأوقات لم يهمل «ريمي» الذي كان يراه ثلاث مرات في الأسبوع في «إيفري»، في دار متخصّصة. قبل الزيارة كان يعتدل في الشراب، فيذهب في تمام اتّزانه، وينهار بعدها لائذًا

بمقهى «المحطّة». فرؤية ابنه وهو في ريعان الشباب مسمّرًا إلى السرير كانت تملأ روحه باليأس، ولو أن «ريمي»، الشجاع، لم يشكُ مرّة.

بفرق ثانية واحدة، لم يكن هناك حادث، بفارق جزء من مائة من الثانية، لكان هو بالأحرى الذي شُلّ لا «ريمي». حياة تنقلب في مثل لمح البصر، يا للعبث!

شعر «بول» برغبة في الشرب لكي ينسى. سار مترنّحًا حتى الثلاجة، نزع سدّادة زجاجة البيرة الأولى في يومه. لا، ليست قوية كما ينبغي، عليه إذن بالويسكي. هذا أفضل، غادر إلى قصر العدل، متأخرًا، كدأبه كلّ يوم منذ خمس سنوات.

كرّس «جيل تورلييه» نفسه لعمله، ومع السنوات المجنونة عاد الازدهار؛ فصنع حبالًا لأجراس كنيسة «نوتردام دو باري»، لمقصلة «لاندرو» السفّاح، لأوائل ألعاب الـ«يويو»، ودائمًا لمتسلّقي الجبال.

أما «أجنيس» فقد هربت من المجتمع ومن زوجها، مكرّسة نفسها لابنتها التي نشأت محاطة بحبّ استئثاريّ. كانت تتقاسم هي و«بيرت» غرفة الضيوف، عازلة إياها عن العالم.

أثناء الحرب العالمية الثانية، وكان «جيل» قد تجاوز سنّ التجنيد، جرّب حسّه التجاري فزوّد بحباله الجيش الفرنسي، ثم جيش الاحتلال الألمانيّ. توسّعت تجارته وأصبح يخزّن الطلبيات المتزايدة. ولكن ثراء الحبّال كان السبب في خرابه. فبعد انتهاء النزاع، حُكم على المستفيد من الحرب بسنة حبس. قبل القبض على «جيل»، حلق حشد غاضب، منتقم، شعر زوجته أمام أنظاره العاجزة ودموع «بيرت».

لم تبرح هذه الصورة خيال «جيل» في سجنه. عندما عاد كانت الحياة قد تغيرت، أضحى تواطؤ «أجنيس» و«بيرت» صامتًا. وتداعى غطاء القبة الأسمنتي متهاويًا فوق المنزل المغبرّ الكئيب.

ظلّت سمعة آل «تورلييه» ملطّخة بعار تعاون الأب مع العدو، فتدهورت الأعمال حتى شارفت على الانهيار. كان الإفلاس يترصّد العائلة عندما حضر شاب من ليون اسمه «موريس هيرتزوغ» مع ثلاثة من أصحابه هم: «جاستون ربوفا»، «ليونيل تيراي»، و«لويس لاشنال».

تماثل «لونيس» للشفاء، فأعلم «لويس»، الممرّضُ، السلطاتِ أنّ المتّهم قد أصبح في حالة تسمح له بالمثول أمام القضاء.

أخذ «لونيس» يراقب، وهو مستلقٍ على حشيّته، مالك ومحمد يلعبان «الضومانا». بدا مالك العجوز محافظًا على قدراته العقلية، وكان قد طيّر ثلاثة أحجار لخصمه عندما دخل شرطيان مسرعين دون أن يقرعا الباب وقلبا اللعبة مستنزلين على نفسيهما شتائم الغالب.

ـ عامري، اتبعنا!

جذب الشرطيان المتوتّران «لونيس» من ذراعه بحركة خشنة.

ـ برفق، برفق، لم يُشفَ تمامًا بعد!

قال لهما «لويس» محتجًّا، يُخشى من انتكاسة إذا تعرّض لصدمة.

لم يكد الشرطيّان يسمعان ما قاله وهما يجرّان المهاجر غير الشرعي، بعجلة، عبر البهو. قطع عليهم السير رجل أسود طويل صائحًا:

ـ ليس لديكم الحقّ، فرنسا، بلد حقوق الإنسان، تعامل مهاجريها كالكلاب!

بدون أي اعتبار أو مراعاة، دفع أحد المرافقين المتطفّل الذي وقع على قفاه وراح يزعق:

ـ ثلاثة أيام وهم ينزهونني بين فانسين وهذا المكان! ضرب بقبضتيه على الأرض في نوبة جنون.

تمرّد «لونيس» بدوره، متحرّرًا من قسر حارسيه الشرسين.

ـ اتركاني، أستطيع السير بمفردي!

كان الجواب ضربة بالمرفق على أضلاعه.

ـ تقدّم وأنت مطبق الفم!

الرسالة واضحة: تخلَّ عن أية مقاومة، فالقضاء والشرطة صاحبا سلطة مطلقة.

إلى الغرفة الرابعة والعشرين في محكمة جنح باريس دُفع «لونيس» بعد جرجرته عبر متاهة من الممرّات. لم يكن هناك أحد في القاعة، إنها محاكمة سريّة بناء على قرار النيابة العامة. اقترب منه رجل يسير بخطى سريعة، ثوبه الأسود مزرّر بطريقة خاطئة، إنّه «جي ليكلوز»، المحامي المكلّف بالدفاع عنه. بكفّ رخوة ورطبة صافح المحامي الشاب «لونيس»، ثم دعاه إلى مرافقته إلى مقعد المتّهمين. راح يتفحّص الملفّ ما يقرب من عشرين دقيقة دون أن يرفع رأسه، وقد زوى ما بين عينيه. إلى جانبه جلس «لونيس» ويده على ذقنه يتأمل بإعجاب المهنية العالية لرجل القانون.

صحبت «فرجيني»، سكرتيرة «ليكسيبريس»، طارق عامري، الذي كان يسير وقد قحم عنقه بين كتفيه، إلى غرفة التحرير حيث عرضت عليه فنجانًا من القهوة لكنه رفض. خلف باب زجاجيّ، وفي ركن منفصل، رفع «ميشيل ميلّينير»، المختفي خلف جبل من الأوراق، عينيه باتّجاه القادمَين.

- أنت هنا؟ قبل السيّدة «لورو»! أحييك! عظيم، سيكون بوسعنا مناقشة بعض التفاصيل.

- و«لونيس»؟ قاطع طارقُ الصحفيَّ، وهو يطقطق مفاصل إبهاميه.

- أنتظر طبيبة «لاسانتيه» التي وعدتنا بالكشف عن بعض الحقائق.

ظهر الاستياء على وجه الشاب، ولكن «ميشيل» تابع كلامه ذاكرًا أن زملاء عدّة من الصحفيين قد طلبوا منه عنوان طارق وأماكن تواجده، كلّما غدا صوت جماعة عامري مسموعًا كان أفضل بالنسبة لـ«لونيس». هزّ طارق رأسه موافقًا. الخطة الإعلامية التي أعدّها «ميشيل» تتوقّع مقابلات في «لوموند» و«إي - تلفزيون» و«فرانس ٣ إيل دو فرانس» و«إر تي إل» و«أوروب ١» و«فرانس أنفو» وربما أخبار الساعة الثامنة مساء في قناة رسمية. وينتظر أن يدلي «جان - مارك لوموان» بأحاديث، مجلتا «باري ماتش» و«فيه إس ديه» متلهّفتان إلى قصص مثيرة.

تغيّر وجه طارق ـ إنه في مركز الاهتمام العام! ـ عندما وصلت «سيفرين لورو»، كانت رئيسة الأطباء في «لاسانتيه» قد أنهت مناوبتها الليلية. إذا فصّلتَ أجزاء جسمها واحدًا واحدًا، لم يكن أيّ منها يمثّل إغراء، أو يوحي بجاذبية خاصة، ولكن الشابة الثلاثينية التي لا تتمتع بمقاييس الجمال المتعارف عليه، كانت تشعّ بسحر متناغم. اندفع طارق و«ميشيل» ناهضين، مبهوري الأنفاس، حتى كادا يتصادمان. ابتسمت رئيسة الأطباء فبثت فيهما الاضطراب.

ـ إذن، ما أخبار شقيقي؟ كيف حاله؟ سأل طارق وقد تمالك نفسه.

ـ لقد عالجته في «لاسانتيه»...

بصوت رخيم، ونبرة حيادية، بدأت «سيفرين» كلامها.

ـ ... عالجته! هل هو مريض؟ ما به؟

قام طارق عن كرسيه مرتاعًا.

ـ لقد أصيب بصدمة، مُحاو... توقّفت «سيفرين» عن إكمال حديثها أمام الهلع الذي اعترى طارق، عملت رقابتها الذاتية بسرعة: لن تذكر له محاولة الاعتداء ولا نوبة الصرع.

ـ آلام رأس شديدة.

ـ أين هو الآن؟ أخذ «ميشيل» الكلام عن طارق الذي كان يتنفّس الصعداء.

ـ في قصر عدل باريس، إنه مهاجر غير شرعي...

ـ غير صحيح، إن أوراقه في جيبي، أستطيع أن أريك إياها! أخرج طارق بطاقة الإقامة الجديدة الصالحة لعشر سنوات.

ـ ممتاز، حجّة دامغة أخرى. ظهر الرضى على وجه «ميشيل» الذي اختطف الوثيقة لكي يصورها.

أجملَ الصحفيّ النقاط المهمة في الملفّ. مع شهادة «سيفرين» وأوراق «لونيس»، تحدّد إطار مقاله القادم. وطارق؟ سيستجيب لإلحاح وسائل الإعلام، كما هو مخطّط، حيث سيكون وجوده أكثر فائدة منه في قصر العدل. دمدم طارق في البداية معترضًا ثم أذعن، لقد تغلّبت مصالح «لونيس» على حياته.

جمع طارق العناوين المرتبطة بجولته الإعلامية قبل أن يغادر. بدأ «ميشيل» يكتب مقاله لموقع «ليكسبريس» الإلكتروني. تدخّلت «سيفرين»: أما زلت في الموضوع نفسه؟ نعم، ولأسباب وجيهة، فقضية عامري قضيّة ملحّة. حكت له عن نوبة الصرع، ومحاولة الاعتداء، عمّا باح به «لويس باسكال» بخصوص إجراء الطرد المعجَّل، عن حالة الشاب العصبية والانفعالية، حكت جميع ما سكتت عنه أمام طارق. ترك «ميشيل» جهاز الحاسب ـ «فيرجيني» ستكتب المقال ـ وخرج وسترته في يده، وخرجت «سيفرين» في إثره. لقد قرّرت أن تقوم بواجبها الأخلاقيّ تجاه «لونيس» حتى النهاية.

من غرفة الأساتذة الخالية، راقبت «كاترين ليبيناس» تلميذتها السابقة المفضلة، خديجة عامري، وسط الكاميرات: شابة، جميلة، باسمة؛ كلُّ ما لم تَعُدْه. عادت «إيزابيل لافوريه» تحوم ثانية حول زوجها، مبدّدة مجدها العابر.

سمعت طقطقة كعب حذاء في الممرّ، ثمة متطفّل، إنها «ماتيلد»، مدرّسة الموسيقى، جاءت لتخبرها بأنها متّهمة بطرد «لونيس»، وبأن هناك أصواتًا تطالب بإقصائها عن لجنة الدعم. أذعنت «كاترين» للأمر، ستقدم استقالتها. ما نفع التشبث باللجنة وقد فقدت «جيرار»؟

في الباحة، همهمات، نظرات خاطفة، وجوه متوتّرة، اتّجهت «كاترين» نحو خديجة لتعترف لها بالحقيقة وتسلّمها الشعلة.

ـ خديجة..

قاطعت «كاترين» اجتماعًا سريًّا مع طلّاب من صفّ «لونيس»: إنهم هم وليس «فيرمولان» من روّج الإشاعة.

ـ نعم؟

ـ هل أستطيع التحدّث معك على انفراد؟

انتقلتا إلى ظلّ شجرة بلّوط. مالت «كاترين» بجذعها نحوها.

ـ أظن أنك علمت بأنني التي طردت «لونيس»، أرجو أن لا تكوني حاقدة عليَّ...

ـ لماذا؟ حملقت فيها خديجة دلالة على عدم فهمها.

ـ بسبب تأخره، ولكني، والله، لم أكن أعلم أنه سيُطرد...

ـ آه، لا، لقد فهمتني خطأ، أقصد لماذا أحقد عليك؟ «لونيس» تلميذ كغيره، لا يجوز له مخالفة النظام.

ـ هل ترغبين في أن أترك رئاسة الـ...

ـ أبدًا، بالتأكيد لا! ردّت خديجة بانفعال.

ـ لا أحد سيدافع عن أخي أفضل منك، أنا أعرفك، كنت دائمًا منصفة، لن أنسى في حياتي دعمك لطارق، ولا الرسالة التي بعثتِها لأبي عندما تركتُ المدرسة.

وجهت «كاترين» ابتسامة عريضة إلى تلميذتها الأثيرة عرفانًا بالجميل. رنّ هاتف خديجة المحمول. إنه «ميشيل ميلّينير» يخبرها بقرب إبعاد «لونيس». الجميع في قصر عدل باريس يعملون لتعزيز الضغط حول القضية.

بعد توقف في المقهى، ظهر قصر عدل باريس أمام «بول ماسّون» الذي كان يسير متمايلًا. من الأسفل تبدو الدرجات مستحيلة الارتقاء، بجهد جهيد صعد «بول» إلى أعلى الدرج، ثم سأل عن طريق القاعة الرابعة والعشرين في محكمة الجنايات، هو الذي يسلك هذا الطريق منذ خمسة عشر عامًا، وسار مصطدمًا بالمارين في الاتّجاه المعاكس.

رجلا شرطة تعرّفا على الرجل الثمل وسارا معه مواكبين.

ـ أنا أعمل هنا، أنا قاض! قال «بول» وهو يتجشّأ وقد شعر بالمذلّة.

ـ نعرف هذا يا سيّد «ماسّون»، لقد أرسلنا المفوّض «فيرنيي» لاصطحابك.

حمدًا لله، لم يُهن الشرف، لم يخلط الشرطيّان إذن بينه وبين سوقيّ سكّير. بمشية رشيقة صحباه إلى رجل جسيم هرع نحوه بحماس واهتمام:

ـ نحن بانتظارك! أين كنت؟ زمجر المفوّض «فيرنيي».

ـ أنا... أنا... أنا... قال «بول» متلجلجًا، ثم استعاد السيطرة على نفسه وسأله:

ـ من... من أنت؟

١٦٤

ـ المفوض «فيرنيي»، رئيس كتيبة مكافحة الإرهاب، أتوسل همتك في تسريع إجراء إبعاد «لونيس عامري».

ـ عامري؟ ولماذا؟ القضاء والشرطة هيئتان مستقلتان بعضهما عن بعض، أليس كذلك؟ أحسّ «بول» بالغيظ والانزعاج و«فيرنيي» يسحبه من كمّه نحو قاعة المحكمة.

ـ منذ الأزل ونحن نتبادل الخدمات، أليس كذلك؟ قال «فيرنيي» وهو يغمز بعينه:

ـ كن لطيفًا معنا، نبقَ كذلك معك.

ـ هل هي مبادرة شخصية منك أم إنك تتصرف بناء على أمر؟ سأل «بول» بصوت حياديّ وهو يتخلّص بهدوء من قبضة المفوض.

ـ التعليمات أتت من فوق، فوق فوق. شدّد «فيرنيي» على كلماته رافعًا عينيه إلى السماء.

ـ إذن أنت ستوصل الرسالة: إلى الجحيم.

غادر «بول» مسرعًا دون أن يتوقّف ليرى ردّ فعل «فيرنيي»، المصعوق. عندما تمالك المفوّض نفسه، مهدّدًا السكران بتحقيق مسلكيّ داخليّ، كان القاضي الأول قد حيّا كاتب المحكمة والقاضيين اللذين سيشاركان في الجلسة معه.

كان «هيرتزوغ»، و«لاشنال»، و«روبوفا» و«وتيراي» مجانين! فمشروعهم الذي قدّموه لـ«جيل تورلييه»، هو قهر قمة «أنابورنا»؛ الكتلة الجبليّة التي ترتفع أكثر من ثمانية آلاف متر، وهو علوّ لم يصل إليه أحد قطّ.

كانت الطلبية وهي عبارة عن ثمانية حبال، اثنان لكل منهم، تحتاج إلى أفضل حبّال في فرنسا. احتقن وجه «جيل» وهو يقول لهم محتجًا إنه سيكون من المؤسف أن يموت أشخاص بهذا الأنس وهذا الشباب قبل الأوان. ورفض أن يلبّي طلبهم. ألحّوا كثيرًا، إن فرنسا هي التي تجهّز الحملة الاستكشافية، ينبغي أن يكون الصانع فخورًا بهذا الشرف. أيعمل من أجل البلد الذي سجنه، وترك الرعاع يحلقون شعر زوجته؟ لا، وألف لا. ولكنّ متسلّقي الجبال العنيدين لم يكونوا ليستسلموا بسهولة، فوعدوا بالحضور في اليوم التالي للحصول على الجواب النهائي.

في المساء، حصل ما لا يمكن تصوّره. بعد عشرين عامًا من الانعزال ومن الصمت، تكلّمت «أجنيس» مع «جيل»! كانت قد أعدّت العشاء مع «بيرت»، فدعته إلى مشاركتهما الطعام، ثم استفسرت عن زوّار النهار. متسلّقو جبال؟ يا للحظّ! لماذا يأبى الاستجابةَ إلى طلبهم؟ سيكون هذا ضربًا من الغباء. النبرة الجذلة، النور المستعاد، ملأ بالسعادة قلب

«جيل» الذي أقسم، بناء على طلب «أجنيس»، أن يصنع الحبال. لم تتكلّم «بيرت» كثيرًا لكنّها قبّلت أباها قبل أن تدخل لتنام، وما لبثت «أجنيس» أن تبعتها. لم يعرض عليها «جيل» أن تقاسمه غرفة الزوجية، فما زال الوقت مبكرًا جدًّا.

في اليوم التالي، لم يسمع أي صوت، أي حركة، ومضة البارحة لم تكن سوى نار في هشيم ما لبثت أن خمدت. اعتصم «جيل» بمشغله، مكبًّا، كما وعد، على صنع الحبال الثمانية. ولمّا لم يكن لديه طلبيات أخرى للتسليم، فقد أخذ وقته في جَدْل كل حبل، ثم في تغليفه. كانت القطعة السابعة قد انتهت عندما ذهب إلى المطبخ كي يتناول شرابًا مرطبًا. رائحة غاز! هرع إلى غرفة الاستقبال، إلى المكتب، إلى المستودع، ثم صعد إلى الطابق الأعلى، حيث وجد أبخرة الغاز تتسرّب من غرفة الضيوف. دخل مغطيًا أنفه بيده، أخرج «بيرت» ثم «أجنيس» وصاح في طلب النجدة وقد استبدّ به الذعر. تجاهل المارّة شقاء المتعاون مع العدو، الذي جثا على ركبتيه، عاجزًا، أمام امرأتي حياته.

أيقظته من خدره يد رجل وضعت على كتفه. وحده طبيب المدينة الجديد استجاب لندائه. لم يعد هناك أمل بالنسبة لـ«أجنيس»، لقد ماتت، أما «بيرت» فما زال ثمة نفس ضعيف يتردّد في صدرها. نقل الطبيب المصابة ذات الحالة الحرجة إلى المستشفى، متحفّظًا على تقدير مدى حظّها في النجاة.

في العليّة الواسعة الخاوية، انتظر «جيل» دامع العينين أن يُخرج مستخدمو شركة دفن الموتى جسد «أجنيس». خلصت الشرطة إلى أنه انتحار بالغاز، فقد تركت المرأتان القانطتان كلمة تقول: «لم نعد نستطيع تحمّل هذه الحياة».

لم يكن في ذهن «هيرتزوغ» ورفاقه إلا الحبال، لذلك لم يعيروا السيارات

التي كانت تغادر منزل «تورلييه» التفاتًا. عندما طرقوا باب الأرمل، فتح لهم رجل ذاهل.

ـ هل أنجزت حبالنا؟

لم يرَ المغامرون من أعلى قمّتهم الضيقَ الذي يمسك بخناق الحبّال.

تردّد «جيل»، ولكّنه تذكّر وعده فقال لهم:

ـ سأصنع لكم الحبل الأخير وأعود.

استسلم «جيل» لرتابة العمل دون حماسة، جادلًا الحبل بسرعة كبيرة، مغفلًا روحه، أي الجزء المركزيّ فيه الذي يضمن المرونة ويمتصّ طاقة الصدمة في حال السقوط. وعندما غلّفه، أصبح هناك ثمانية حبال متماثلة في الظاهر.

لم يطلب ثمنًا لعمله، ولا شكرًا. لقد قام به من أجل شيء أكبر قيمة من المال. من أجل فرنسا؟ سأله «هيرتزوغ». لم يُحِر «جيل» جوابًا.

في أيار/ مايو ١٩٥٠، عندما وصلت حملة «هيرتزوغ» إلى «نيبال»، كان معها ثمانية حبال، في واحد منها عيب في التصنيع. فقوة الشدّ فيه المساوية لـ ٢٩٨ ديكا نيوتن، وتمدّده، البالغ ١ , ٥٪، والبعيد عن المعايير المعتمدة، يحكمان على مستخدمه بالموت الحتمي.

ـ لقد وُلدتَ في فرنسا، أليس كذلك؟ سأل المحامي «جي ليكلوز»، بعد عشرين دقيقة قضاها غارقًا في قراءة الملف.

ـ لا، في الجزائر، أليس هذا مكتوبًا في أوراقي؟ سأل «لونيس» مستغربًا.

ـ آه، بلى، اعذرني، لا أدري كيف فاتني هذا! ما هي أسباب الطرد؟

ـ لا أعلم، أنت من لديك أوراق الملف!

دار حوار مليء بالمفارقة، كان فيه المحامي يوجّه أسئلته القانونية، وهو يقضم أظافره إلى موكّله الجالس على مقعده مذهولًا. كان ضائعًا، لم يتوقّف عن التنهّد، متذمرًا من عدم خبرته، والقانون المدني في يده. صمت «لونيس» وقد ضاق ذرعًا بالإجابة عشر مرّات عن الأسئلة نفسها، سيتولى الدفاع عن نفسه بنفسه. بالتأكيد لا، قال رجل القانون، القاعة الرابعة والعشرون هي واحدة من الأكثر تشددًا، لا تتعدَّ على صلاحيّاتي!

وصل القاضي وسط همهمات التبرّم ـ أخيرًا ـ والاستهزاء، ثملًا أيضًا! جلس ببطء وتمهّل في مصافحة مساعديه الذين بدت على وجوههم الحيرة والارتباك. غمغم القاضي بمقدمة سريالية عويصة وغير مسموعة عن الفصل بين السلطات، ونظره موجّه إلى آخر القاعة، ثم فتح ملفّ عامري.

١٦٩

قدّم «جي ليكلوز» موكلَه إلى المحكمة وعاد للجلوس. أخذ ممثّل النيابة الكلام، وتحدث بكلام عسير الفهم موشّى بمواد القانون المدنيّ. هل تحب أن تضيف شيئًا يا أستاذ «ليكلوز»؟ لا، لا شيء. تابع ممثّل النيابة، أستاذ «ليكلوز»؟ لا شيء. ألحّ «بول ماسّون» على محامي الدفاع نحو عشر مرّات فلم يلقَ سوى الصمت.

كان «لونيس»، غير القادر على حلّ رموز اللغة التي استخدمها ممثل النيابة العامّة، جالسًا يفرك ذقنه بيده دون أن يبدر عنه أي ردّ فعل. حانت منه إلى اليمين نظرة خاطفة، فرأى محاميه متّخذًا الوضعيّة نفسها، شاردًا.

نشرت صحيفة «لوموند» مقابلة مع المفوّض «فيرنيي» الذي أكّد المطالبة بطرد «لونيس» المعلن عنه في موقع «ليكسبريس» الإلكتروني. وقد برّر الإجراء العاجل الذي اتُّخذ بحقّ الشاب البالغ الذي لا يملك أوراقًا ولكنه يملك ملفًّا مريبًا، ولم يذكر مكان أو تاريخ الحكم، لأسباب أمنية.

عرض طارق الذي استُقبل في «لوموند»، بطاقة الإقامة التي حصل عليها البارحة. خارج الاستوديو، أكّد له الصحفي، الذي كان قد أجرى حديثًا مع «فيرنيي» في الصباح، دعمه ومساندته.

كان طارق، الذي لا يشعر بالراحة في المقابلات التلفزيونية خصوصًا عندما يُسأل عن عمله البطولي، يقدّم إجابات موجزة، بجرس رتيب وهو يلوي يديه تحت الطاولة.

لماذا ألقى بنفسه داخل الحافلة المشتعلة؟ اندفاع تلقائي، لماذا غادر مباشرة؟ تأكّد من سلامة السائق، ولم يكن راغبًا في أية دعاية. وكيف عُثر عليه؟ بسبب عناد «ميشيل ميلّينير» واتّفاق الظروف. ماذا يتمنى لأخيه؟ النجاح في شهادة البكالوريا آخر العام. هل لديه ثقة في القضاء الفرنسي؟ نعم، حتى يثبت العكس.

لقد كذب طارق قليلًا بالتأكيد. لم يكشف أن عمله الشجاع كان يهدف

إلى استعادة أكياس المؤن، وأنه هرب لكي لا يُقاد إلى قِسم الشرطة، ولكن مقابلة بعد مقابلة، كان أداؤه يضفي المصداقية على رواية آل عامري. ذاع الخبر، فاستُدعِي وزير الداخلية إلى الجمعية الوطنية. كان كتاب الافتتاحيات مقتنعين أن إطلاق سراح «لونيس» ليس سوى مسألة وقت.

عندما عُرض على طارق المتحفّظ المشاركة في استوديو أخبار الثامنة مساءً في قناة «فرانس ٢»، أجاب بالرفض. إنّ مكانه من الآن فصاعدًا إلى جانب أخيه، في قصر عدل باريس.

كيف يمكن أخذ أكبر عدد من سكان «إيفري» إلى قصر العدل في باريس؟ في قطار الأنفاق؟ فكرة غير عمليّة ومكلفة من أجل مائة من طلاب المدرسة. في السيارة؟ مسألة صعبة، فلا بدّ من حوالي ثلاثين سيارة.

ستمثّل خديجة، مع «جيرار» و«كاترين»، لجنة دعم «لونيس عامري». ثلاثة أشخاص، سيكون هذا أفضل من لا أحد ومن يدري؟ ربما كان طارق بحاجة إلى عون. كان الطلاب جميعًا يشجّعون المبعوثين عندما صاح رجل متين البنيان بخديجة قائلًا:

ـ أستطيع أن أنقل خمسين شخصًا إذا صبرت نصف ساعة.

بصوت واثق عرض «جان ـ مارك لوموان» خدماته. ساد صمت مليء بالشكّ، فأكمل:

ـ أنا سائق حافلة، انتظريني هنا.

لم يُضع «جان ـ مارك» وقتًا، فتوجّه من فوره بخطواته الرشيقة، نحو مرآب الحافلات. بعد عشر دقائق كان يقرع باب مديره الذي وجده جالسًا يقرأ في كتيّب وقد وضع رجليه على طاولة مكتبه.

ـ «جان ـ مارك»، ماذا تفعل هنا؟ ظننتك في إجازة مرضيّة.

أنزل «روبير» ساقيه، متفاجئًا، واعتدل على كرسيه.

ـ أريد أن آخذ حافلة.

ـ ألا تريد معها مائة ألف يورو سلفةً؟ كفى يا «جان ـ مارك»، إنك تفرط في الشراب.

قال له «روبير» وهو يبتسم هازئًا.

ـ أنت مدين لي بهذا، فلطالما أطعت أوامر الإدارة، كدت أموت أول أمس بسبب ولائي للشركة...

ـ لا يحقّ لي، فالمفروض أنك في السرير!

ـ سأعمل ساعات إضافية بدون مقابل، كل ما ترغب فيه، ولكن أرجوك ألّا ترفض لي هذا الطلب.

بصوته المتضرّع بدأ «جان ـ مارك» شيئًا فشيئًا يحرز تقدمًا. فقبل «روبير» بخمس عشرة ساعة من غير أجر. لقد عرف «جان ـ مارك»، بدهائه، كيف يعزف في مفاوضته على وتر الضعف الخفيّ الكامن في نفس معلّمه: إغراء الربح.

بعد سبع وعشرين دقيقة من مغادرته، كان «جان ـ مارك» يركن حافلته أمام ثانوية «جورج براسنس»، جاهزًا لنقل خمسة وخمسين شخصًا إلى قصر العدل في باريس. انتابت خديجة اندفاعة حماس، فوثبت إلى عنق السائق، وعانقته.

في الطريق إلى قصر العدل، أبلغت «سيفرين لورو» جمعية حقوق الإنسان، ودعا «ميشيل ميلّينير» جميع مكاتب التحرير للاجتماع، فمحاكمة «لونيس» يجب ألا تنتهي بسرعة في الخفاء. خلال خمس دقائق، طوت سيارة الصحفي المقفلة الكيلومترات الثلاثة حتى جادة القصر طيًّا. كان «ميشيل» و«سيفرين» أول الواصلين فحاولا التسلل إلى القاعة الرابعة والعشرين ولكن الشرطة كانت تضرب حولها نطاقًا يراقب المداخل ويغربل الداخلين. عادا إلى الدرج حيث يتجمع الصحفيون مع كاميراتهم، والمناصرون مع لافتاتهم. كانت الشعارات التي كتبت على عجل تفوح برائحة الدهان الرطب. نصب المراسلون كاميراتهم، وشحذوا أسئلتهم بالقرب من «ميشيل».

لم تمضِ عشرون دقيقة حتى كان حوالي مائة شخص، من متظاهرين ومراسلي صحف خاصين، متجمهرين أمام قصر العدل. انطلقت الهتافات، منقولة عبر مكبّرات الصوت، كان التحرّك العفوي في حد ذاته نجاحًا.

حاولت الشرطة تطويق التجمّع غير المأذون له، مطلقة نداءات بوجوب التفرّق، ولكن بدلًا من ذلك توقّفت حافلة ملأى بالركّاب، نزل منها حشد من الطلّاب المتحمّسين. لقد ربحت خديجة عامري و«كاترين ليبيناس» و«جان – مارك لوموان» رهانهم، صوّر الصحفيّون عرض القوى هذا،

وأذيعت التقارير في بثّ مباشر على الأقنية الإخبارية. لن يُطرد «لونيس» في جوّ من السريّة التي أحيطت بها إحدى قاعات المحكمة.

على منصّة مؤقتة، حكت «سيفرين» عن ظروف الحياة في سجن «لاسانتيه»، وعن الحاجة الملحّة لتغيير النظام في السجون. جاء بعدها دور خديجة التي محورت حديثها حول أخيها قائلة إنه مراهق يريدون طرده بطريقة غير قانونية. لم يكن لديها الوقت لكي تختم كلامها.

كان «لونيس» على قناعة بأن المحامي المكلّف بالدفاع عنه يدّخر هجومًا غير متوقعٍ لحين الضرورة، فاضطلاعه بوظيفته يحتاج إلى شهادات، وإلى كفاءة وصرامة، ولكن إلحاح القاضي على مطاردة محامي الدفاع بسؤاله، ودهشته أمام انعدام ردّ الفعل لديه، خلق لدى «لونيس» شعورًا يقينيًّا بأن «جي ليكلوز» قد تخلّى عن مهمّته.

سيتمّ النطق بالحكم دون أي اعتراض، أو أية كلمة من جانب الأستاذ «جي ليكلوز». هل لدى المتّهم ما يضيفه؟ أمسك المحامي «لونيس» من كمّه، ولكن «لونيس» حرّر نفسه ونهض متحدّثًا بصوت خفيض:

- منذ خمسة عشر عامًا وأنا أعيش في فرنسا، لقد درست في فرنسا، وأتكلّم الفرنسية، ولي أصدقاء فرنسيّون. وإذا كنت أحمل جواز سفر جزائريّ، إلّا أني فرنسيّ في الصميم. لقد اخترت الجنسية الجزائريّة احترامًا لجذوري، ولكن مستقبلي، وتطلّعاتي وطموحاتي كلّها في فرنسا. بعد شهر سأتقدّم لامتحان البكالوريا، وسأنتسب إلى جامعة فرنسيّة، فلماذا أثير كل هذا الخوف؟ لقد اتُّهمت بتجارة المخدّرات، وبالإرهاب، والآن يريدون طردي. ما هو التعليل المنطقي لذلك إذا لم يكن عناد نظام غير قادر على الاعتراف بأخطائه؟ سجلّي العدلي

نظيف، ولكن اسمي سيبقى ملطّخًا بوصمة العار. إن الضغط المتواصل قد أنهكني: ظروف سجني، واستجوابات الشرطة، والآن المارثون القضائي. منذ ثلاثة أيام وأنا أُقذف من مكان لآخر من دون أي تفسير، ليست لدي أية أخبار عن عائلتي، ومحاميّ تمسّك بالصمت: هل هذه هي العدالة؟ كدت أتعرّض لاعتداء جنسي من شريكي في الزنزانة، وقعت ضحية نوبة صرع، أنا مضنى، منهوك القوى. إذا طردتموني إلى الجزائر، البلد الذي لا أعرفه، فستقتلونني...

قفز «جي ليكلوز» عن كرسيه مذهولًا وهو يحرك يديه علامة الاحتجاج، أما «بول ماسّون» فقد استمع إلى الشاب، الذي في عُمر ابنه، ويداه مضمومتان في ردهة المحكمة، تلقى المفوّض «فيرنيي» اتصالًا، وزير الداخلية يطلب إيضاحات، فوسائل الإعلام أخذت تضيّق عليه بالأسئلة.

انقلبت القضية، وكان الحكم سيصدر عندما تعالت الضوضاء. عُلّقت الجلسة.

في الثالث من حزيران/ يوليو ١٩٥٠، اجتاز «موريس هيرتزوغ» ورفيقه «لويس لاشنال»، الأمتار الأخيرة التي تفصلهما عن قمة «ربّة الخيرات»، وهي ترجمة للاسم السنسكريتي «أنابورنا». على ارتفاع ٨٠٩١ مترًا، تمتّع «هيرتزوغ» و«لاشنال» بالتقاط صورة وبلحظة أزليّة.

سخرية القدر تجلّت في أن الحبل المعيوب كان من نصيب «هيرتزوغ»، ولكنه لم يستخدمه. فقد حالفه الحظّ، الحظّ الذي كان قد تخلّى عنه عندما أضاع كفّيه أثناء هبوطه ثانية نحو المعسكر الخامس.

دفع الأبطال الجدد، «هيرتزوغ»، «لاشنال»، «ربوفا» و«تيراي»، ضريبة إنجازهم الباهر، وهي بترُ عدد من أصابع «هيرتزوغ»، وعدة عمليات جراحية لـ«لاشنال»، ولكنهم تغلّبوا على المحنة.

أما حبلا «هيرتزوغ»، فقد عُرض أحدهما في متحف، وبيع الآخر في مزاد لصالح عمل خيريّ. علّق «هنري سولييه»، الرجل الذي فاز بالحبل، تحفته النفيسة على جدار غرفة الاستقبال في بيته مزهوًّا. وحين توفي «هنري» في الثاني عشر من كانون الثاني/ يناير ١٩٩١، حفظ ابنه «جاك» تلك القطعة الأثرية، ثم استخدمها عندما انتقل إلى منزل آخر في حزم الصناديق.

بحكم مهنته كسائق يعمل في نقل البضائع وتسليمها، احتفظ «جاك» بقطعة الحبل لاستخدامها في نقلياته. كان حبلًا متينًا يتحمّل أثقل الأوزان. واليوم بالضبط يحمل «جاك» صندوق أدوية إلى قصر العدل في باريس، وهي فرصة سانحة لاختبار حبله الأثير.

وصل طارق إلى قصر العدل وسط ضوضاء عارمة، فأمام الضجّة الإعلامية المثارة، وجد الأشخاص ذوو الإقامات المخالفة والمهددون بالطرد، الفرصة للتعبير عن غضبهم.

أخذ عناصر حفظ النظام، وقد نال منهم الإرهاق، يضربون يمينًا وشمالًا. ولمّا كانت إدارة الشرطة متاخمة لقصر العدل فقد وصلت الإمدادات في الحال. بشراسة وعنف أخلت الشرطة الطريق الذي سدّه الطلاب وجمعية حقوق الإنسان بالهراوات. فشنّ المتظاهرون، الذين كانوا حتى ذاك مسالمين، هجومًا مضادًا ونشبت معركة بين الطرفين. زجّ المراسلون بأنفسهم في المعمعة، ملتقطين صورًا من قلب الحدث.

حاول «ميشيل ميلّينير»، في بحثه عن زاوية، التقهقر إلى الوراء، ولكنه وجد أن الأمر عويص. إنه محاصر. كانت «كاترين ليبيناس»، التي بدت على وشك الإغماء، متكئة على «جيرار» وخديجة اللذين حفّا بها عن يمينها ويسارها. أما «جان – مارك لوموان» فكان يفتح الطريق بمنكبيه العريضين، و«سيفرين لورو» تحمي المؤخرة مع «ميشيل». بضعة أمتار أخرى وسيصبحون في أمان، ولكن شرطيًّا استاء من دفع «جان – مارك» له، ولم يكن لدى السائق وقت ليوضّح له مرماه، فرفع الشرطي يده مسدّدًا

١٨١

لكمة استطاع «جان - مارك» تفاديها، وعاجله بلكمة وجهها من أسفل ذقنه إلى الأعلى صكت أسنانه. أفسح الشرطي الدرب مترنحًا، وصبّ انتقامه على واحد من الطلاب.

استردت «كاترين» أنفاسها بعد أن تحرّرت من الزحام، عانقها «جيرار» مشجّعًا. استفسر «جان - مارك» عن صحة خديجة التي صرحت بأنها معجبة بشجاعة السائق. سار «سيفرين» و«ميشيل» نحو طارق الذي انضم إلى المجموعة:

- أنت هنا؟ ألست في التلفزيون؟ سأله الصحفي مندهشًا.

- ألستَ معهم، ردّ طارق، مشيرًا إلى الزملاء الذين اشتبكوا في قتال اختلط فيه الحابل بالنابل.

- لا يمكن أخذ أية معلومة من عراك سكارى.

- و«لونيس»؟ الجميع يقولون إنه بريء، متى سيطلق سراحه؟

- إنها مسألة وقت. انظر إلى الذعر، لقد فشلت خطتهم. أعلنت «سيفرين»، بصوتها الرخيم، ما يبدو جليًا وهي تشير إلى «فيرنيي» الذي يتكلّم في هاتفه المحمول لاهثًا.

ـ عامري، تقدّم!

رجال الشرطة الذين يقسون في معاملتي مرة ثانية! لم أعد أطيق قذفي من مكان لآخر، لم أعد أحسّ بشيء في ساقيّ، ولا رأسي، لا شيء سوى رغبة في أن أكون بمفردي. محاميّ، ذلك النصّاب، لم يتوقّف عن لومي لأني تدخّلت للدفاع عن نفسي، وخاصة أني تسبّبت في طرده. لم أصغِ إليه، فقد اقتادنا رجال الشرطة إلى الحبس في انتظار الهدوء واستئناف المحاكمة. في الممر تزاحُم، تدافع بالأكواع وبالأكتاف، بشقّ الأنفس تمكّنت من البقاء واقفًا. لقد استنفد خطابي كلّ طاقتي، إنّي منهكٌ، يوشك أن يغمى عليّ. حاولت الاستناد إلى عمود أو جدار. مستحيل، أمرتني الشرطة بالسير، لا يرفع هؤلاء أعينهم عني، حتى عندما يلوّحون أيديهم بصفعة هنا، أو هناك. قلّة نوم، نوبة صرع، توتّر، ألا يفهمون أني بحاجة إلى الراحة؟

دُفعت من جديد، فوقعت، أنهضني شرطي:

ـ كفّ عن لعب دور الشاطر!

ليتني أستطيع التفكير في هذا، لم يعد لديّ طاقة، الغثيان، إنه يظن أنني أتسلّى. وقعت منكفئًا على وجهي فوق جسم على الأرض، أهي الحرب أم ماذا؟

ـ لم يلمسك أحد! انهض!

ناولني صفعة، وكأن هذا يساعدني، وصفعة أخرى، لكي ألتصق بالأرض
أكثر. حاول زميل هذا الغاضب أن يهدّئه، ولكن الأوان كان قد فات، رأيت
عصافير تدور حولي، رسومًا متحركة حقيقية! ثم، لم يعد هناك شيء.

استفقت على رائحة مألوفة، إن «الإيثر» يلاحقني هذه الأيام، المستوصف
الذي حللتُ فيه من قبل.

ـ هل أساءوا معاملتك؟

كان الممرض يحدّق فيّ، اختلست نظرة في المرآة، كدمات تملأ وجهي،
بفعل الشرطة أو الرعاع.

ـ هل أنت على ما يرام؟

هززت رأسي، لا أقوى على الكلام. مرّر يده على جبيني، أعطاني
منشطًا وذهب آسفًا.

ـ هناك كثير من الجرحى في المظاهرة.

كانت هذه طريقته في الاعتذار.

أنا وحدي، رأسي مثل يقطينة، في غرفة مليئة بالأدوية. أشعر بالخوف،
سيرسلونني إلى الجزائر، أنا لا أتكلم العربية، ولا تربطني بذلك البلد أي علاقة،
أنا إنسان محكوم عليه بالإعدام. أنا في حالة سيئة جدًّا! أرغب في البكاء، كيوم
رحل مصطفى. آمل أنه اليوم بعيد، أُخَيّ الحبيب، رائد فضاء أو ناطور أحراج،
أي شيء، بعيدًا عن الضاحية. ربما كانت الجزائر أفضل من «إيفري»، مدينة
الجحيم المطلية باللون الأحمر. إذا كانت الحالة هذه، فلماذا يهاجر الآباء؟
أنا إنسان ميئوس منه مثلما هي «إيفري»، إنها ليست داري، إذن هناك...

١٨٤

لا بأس بالمنشّط الذي أعطانيه الطبيب، لقد استرددت قواي بعض الشيء، سأقوم. يا ربّ! ها أنا جالس. ليتني فقط أستطيع التحليق! لا بد أن ثمّة عقَّارًا نفسيًا في الصيدليّة. على الرغم من أن ما سأقوله مؤسف، ولكن رحلات الحشيش، عندما أفكر فيها، هي أفضل لحظات حياتي، ينبغي أن أغادر جسدي لكي أكون بخير. هل سأجد حشيشًا في الجزائر؟

قليل من الجهد وها أنا أنهض، ارتميت على صوان، جرجرت رجليّ حتى إحدى خزائن الحائط، إنها مقفولة، خزانة أخرى، النتيجة نفسها. الممرّض ذو مظهر ودود ولكنه إنسان سافل! أين يضعون المفاتيح؟ سأعود إلى السرير وأنام، هذا هو الحلّ الوحيد، بضع خطوات وبُمْ! وقعت. صندوق لعين، ماذا يفعل في وسط الغرفة؟ فخ آخر وضعه لي الطبيب!

إلا أنه... مثير، لا بدّ أن فتحه أسهل من فتح الخزائن، حبل يحيط به فحسب، سأفك رابطة هدية عيد الميلاد تلك. يا لهذا الحبل، ثخين كقبضة يدي! ولكن العقدة سهلة الحلّ، حتى بيدين مثل ورقتين توصّلتُ إلى فكّها.

حبوب أسبيرين! كلّ هذا الجهد من أجل أسبيرين؟ وكيف سأنفصل عن جسدي بحبوب أسبيرين؟ أشعر بالاكتئاب! بدون حتى سيجارة حشيش أخيرة قبل الرحيل إلى الجزائر؟ أنا لن أذهب إلى هناك على كلّ حال، يستحيل أن أفعل، سأستبق حكم المحكمة، سوف يقتلونني، ولكني سأسبقهم.

الحبل، إنه رسالة إلهيّة، بابا على حقّ، ينبغي على المرء أن يؤمن. ترى ماذا حلّ بعائلتي؟ لا بدّ أن الأب قد أصبح مجنونًا وتخلى عني الجميع. إذا عدت إلى المنزل، سيقطّعني إربًا. لديَّ الخيار بين الموت في الجزائر، أو الموت بيد أبي أو الموت بفعلي أنا. أعتقد أن «الهاراكيري» أكثر شرفًا وكرامة.

مصباح السقف يوفر مسكة جيدة، كرسيّ وأصل إليه. أصابع لعينة، لم

تعد تطيعني، من العسير أن أشدّ عقدة المشنقة. محاولة جاهدة، وهوب، أصبح جاهزًا! ضغطة على الحبل، إنه متين.

شعور غريب، منذ ثانيتين كنت واثقًا من نفسي والآن، أحسّ بالخوف. صور أفلام «الوسترن» تعبر ذاكرتي، الوجوه المزرقّة، السيقان المهتزّة، صوت «طق» تحت المشنقة. هل سأشعر بالألم؟ أستطيع، بعد كلّ اعتبار، العودة من الجزائر خفية، مثلما فعل بابا قبل عشرين عامًا. ولكن لا، سيقتلونني، أفضل إنهاء حياتي في الحال، هذا ما قرّرته، أنا مقتنع بهذا، فضلًا عن أنه سيقال إني لا أستقرّ على رأي.

لا واحد ولا اثنان، ركلة على ظهر الكرسي وينقلب. باستثناء الشعور بضيق في أعلى الحنجرة، ليس هناك ألم. بالرغم من أنّ... اللعنة، أحسّ بالنار في عنقي، ينبغي أن أتحرّر، ولكني عالق! ساقاي تتحرّكان وحدهما، إنّه كابوس! لا أستطيع الصراخ! أين هم رجال الشرطة الملتصقون بي منذ ثلاثة أيام؟ لا يتواجدون أبدًا عندما يكون هناك حاجة إليهم! هيّا، إنه حلم وستوقظني أمي منه أو إنها نوبة صرع، يجب أن أحاذر ابتلاع لساني! لم يصل أحد، هذا فظيع، الألم مبرّح، ثم آه، إني أتأرجح، شعور لذيذ، رعشة تسري في جسدي، صورة الملاك في مستوصف السجن. كنت أعرف أن حلمي سينتهي على خير.

طقّ.

خاتمة

«إيفري» تستردّ هدوءها بعد ثلاثة أيام متتالية من العنف.

رشيد عدناوي يوقف لبضعة أيام تجارة المخدرات، فقد أفسد مثيرو الشغب له سوقه باجتذاب الشرطة إلى الحي.

حسين يعلّق على مباريات كرة القدم مع الأصدقاء على مقعد في «جريني».

«كريستوف» ويزيد يجلسان على مقعد في «إيفري»، في ظل البرج رقم ٥، يراقبان السيارات المارّة.

«فرانسيس فيرمولان» يغيّر النظام قبل الأوان، نهاية الإجراءات الاستثنائية، وإعادة مجلس التأديب.

المفتّش «لوترانشان» يحزم حقائبه، نتيجة تطوّرات قضيّة عامري. ترقيته أوقفت، آماله في مستقبل سياسيّ تبخّرت، وجد بعض العزاء في منصب في «لافاندو».

وزير الداخلية أقال المفوّض «فيرنيي» من مهامّه، قبل أشهر من الانتخابات الرئاسية، أطفأت الغلطة الفاحشة في قضية عامري بريق النجم الصاعد. عندما احتدم الجدال، وعد الوزير بتقديم تعويض للمفوّض الوفيّ.

لم يحدّد التحقيق الداخلي مصدر تسريب المعلومات في قضية عامري. تأرجح «جورج هيرو» بين الفخر بالتمكن من تخلية سبيل «لونيس» ومرارة الخيانة. ولكنه عندما نظر إلى صورة أمه التي ماتت مقتولة تأكد من حسن اختياره.

بضغط من المفوض «فيرنيي»، عُزل «بول ماسّون» عن منصبه بسبب التقصير المتكرّر في أداء واجبات وظيفته. لقيت الحادثة، النادرة، بضعة أصداء لها في الصحافة المتخصّصة. انتقل «بول» إلى «إيفري»، للاقتراب من ابنه ومن الحياة.

«سيفرين لورو» عادت إلى «لاسانتيه» حيث تعمل على إدخال السرور إلى قلوب المساجين. ظل السجن على حاله، دائم الازدحام، عتيقًا، وفي انتظار التطهير من الحشرات.

«كاترين ليبيناس» توقّفت لبعض الوقت عن الذهاب إلى نادي «كيستيون بور آن شامبيون»، اتفقت هي و«جيرار» على إعطاء نفسيهما فرصة أخرى. أهدى لها زوجها خاتمًا ذهبيًّا عربون بداية جديدة.

«ميشيل ميلّينير» تلقى جائزة «ألبير لوندر» على مقاله «الضاحية، إلدورادو الجديدة». تحفيز النجاح في الأحياء يساهم في السلام الاجتماعي، نجوم الضواحي على الموضة. لم يحضر الفائز تسليم الجائزة.

«جان - مارك لوموان» عاد إلى عمله وقد حظي بتقدير طلاب ثانوية «جورج براسنس» واحترامهم. وبدلًا من الانصراف إلى الشرب والمراهنة في سباق الخيل، أخذ يكثر من زياراته لخديجة عامري.

بتوصية من «كاترين ليبيناس»، عُيِّنت خديجة عامري مراقبة في ثانوية «براسنس»، وستتقدّم في نهاية السنة لامتحان البكالوريا كطالبة حرّة.

طارق عامري تلقى ميدالية مدينة «إيفري» لعمله البطولي. حاملًا ميداليته، التحق الشاب الذي كان يتلقى إعانة من الدولة بصفته عاطلًا عن العمل بمكتب مجلة «ليكسبريس» حيث عينه «ميشيل ميلّينير» كمتدرّب.

حكت «بيرت تورلييه» لأبيها قصة انتحارها وأمها. فأمها التي كشفت لها في وقت مبكر جدًّا أنها ابنة سفاح، قد أدخلت في روعها أن صانع الحبال يكرهها. وقد عمّقت المعاقبة بلا قانون بعد الحرب هذا الشعور، إذ شرحت «أجنيس» لابنتها أن «جيل» قد تخلّى عنهما حين قضى عقوبته في السجن بتهمة التعاون مع العدو. أثناء وجبة العشاء الأخيرة، كانتا قد عزمتا على الموت وقد غمرت السكينة قلبيهما فوجهتا إلى «جيل» هذه الدعوة. تزامن إنجاز «هيرتزوغ» الرائع مع البداية الجديدة لـ«جيل» و«بيرت». تزوّجت الابنة من طبيب المدينة الذي أنقذها، وبقي «جيل» حبّالًا حتى وفاته في ٣ حزيران/ يوليو ١٩٧٠، بعد مرور عشرين عامًا بالضبط على أول صعود إلى قمة «أنابورنا». استعاد أحفاده ورشة الحبال، وحافظوا، في فترة تطوّر تقنيّات الجدْل الصناعيّة، على التقليد لكي تحتفظ الحبال بروحها.

استولى الغمّ والحزن على «جاك سولييه»، السائق ومسلّم البضائع الذي ترك عمله لكي يشهد تدافعًا أمام قصر العدل، تاركًا حبله يقع في يد مراهق ذي نوازع انتحارية.

أخفق «لونيس عامري» في الانتحار بسبب عيب في تصنيع حبل قبل ستة وخمسين عامًا. فالأحمال الثقيلة، والتآكل الذي أحدثه الزمن فيه، وأخيرًا،

الكيلوجرامات السبعون وزن «لونيس»، قد تغلّبت على مقاومته. رأى سمير عامري في المعجزة التي حصلت استجابةً لصلواته، تعبيرًا عن شكره، قرّر أن لا يعود إلى ضرب افراد أسرته. لن يعرف أحد، حقيقةً، لماذا انقطع حبل بهذه المتانة. فقد مات مع «جيل تورلييه» سرّ روحه.